月草糖

花暦 居酒屋ぜんや

坂井希久子

時代小説文庫

角川春樹事務所

目次

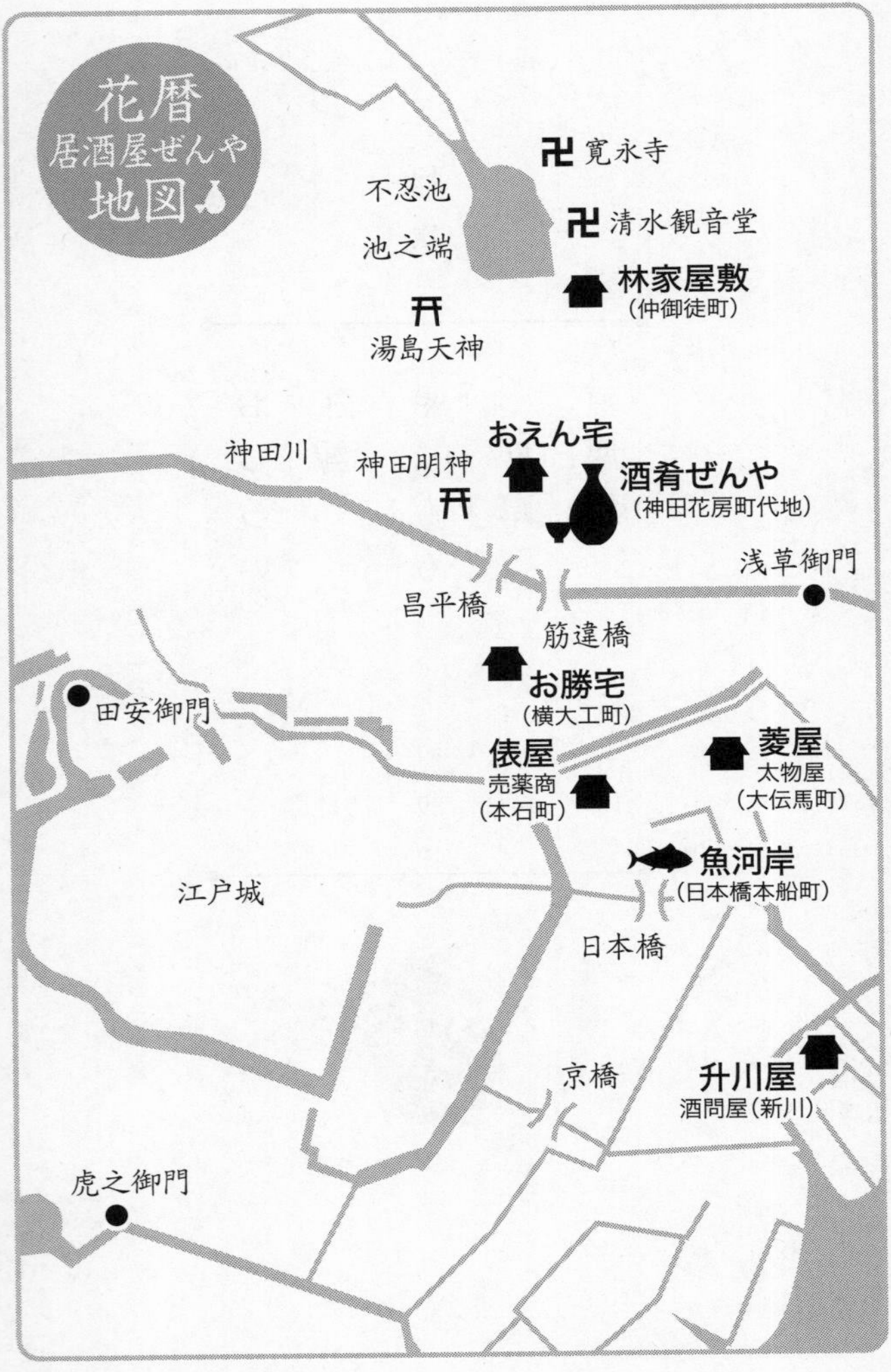
花暦
居酒屋ぜんや
地図
寛永寺
不忍池
清水観音堂
池之端
林家屋敷
(仲御徒町)
湯島天神
おえん宅
神田川
神田明神
酒肴ぜんや
(神田花房町代地)
浅草御門
昌平橋
筋違橋
お勝宅
(横大工町)
田安御門
俵屋
売薬商
(本石町)
菱屋
太物屋
(大伝馬町)
魚河岸
(日本橋本船町)
江戸城
日本橋
京橋
升川屋
酒問屋(新川)
虎之御門

月草糖

花暦　居酒屋ぜんや

〈主な登場人物紹介〉

お花《はな》……只次郎・お妙夫婦に引き取られた娘。鼻が利く。
熊吉《くまきち》……本石町にある薬種問屋・俵屋に奉公している。ルリオの子・ヒビキを飼っている。
只次郎《ただじろう》……小十人番士の旗本の次男坊から町人となる。鶯が美声を放つよう飼育するのが得意で、鶯指南と商い指南の謝礼で稼いでいる。
お妙《たえ》……居酒屋「ぜんや」を切り盛りする別嬪女将。
お勝《かつ》……お妙の前の良人・善助の姉。「ぜんや」を手伝う。十歳で両親を亡くしたお妙を預かった。
お栄《えい》……只次郎の姪。大奥に仕えていたが辞めた。

「ぜんや」の馴染み客

菱屋《ひしや》のご隠居……大伝馬町にある太物屋の隠居。只次郎の養父となった。
升川屋喜兵衛《ますかわやきへえ》……新川沿いに蔵を構える酒問屋の主人。妻・お志乃は灘の造り酒屋の娘。息子は千寿。
俵屋《たわらや》の若旦那……本石町にある薬種問屋の主人の一人息子。

おしろい

一

薬研車《やげんぐるま》を使う手が、危《あや》うく止まりそうになる。

熊吉《くまきち》はハッと息を吸い、甘やかな眠りの淵《ふち》から戻ってきた。もう少しで、ずぶずぶと沈み込んでしまうところだった。

居眠りがばれていないはずもなかろうに、すぐ傍《そば》にいる旦那《だんな》様も、若旦那もなにも言わない。二人とも黙々と手を動かして、薬を作っている。熊吉も頭を軽く振ってから、手元の作業に注意を注ぐ。

享和《きょうわ》元年（一八〇一）二月十日。ほんの五日前に変わった年号には、まだ慣れない。なんでも六十年に一度の辛酉《かのととり》の年は天命が革《あらた》まって王朝が交替するとされており、大きな政変を避《さ》けるため、改元が行われるそうである。つまり今年が、辛酉というわけだ。

年号とは京の公家《くげ》たちが案を出し、帝《みかど》がお決めになるものだから、きっとなにか、由々《ゆゆ》しき意味が込められているのだろう。熊吉のような庶民には深いところまで分からないが、「和を享《う》け入れる」という字面はどこか柔らかく、響きも明るい。

そんなふうにこの先の世も、平穏であればよい。そう願いながら、欠伸《あくび》を嚙《か》み殺す。

それにしても、眠い。油断するとまた、瞼《まぶた》がとろりと重くなる。誘惑に負けてたまるかと、頰《ほお》の内側をぎゅっと嚙んだ。

昨年末の旦那様の宣言どおり、年が明けてからは、熊吉も薬の製造に携《たずさ》わっている。といってもまだ廉価《れんか》版の龍気補養丹《りゅうきほようたん》のみで、高直《こうじき》な龍気養生丹《ようじょうたん》は旦那様が作っているのだが。いずれはそれも、若旦那と熊吉で作ることになるはずだ。

しかし熊吉は、日がな一日薬を作っていられる身分ではない。得意先を回ったり、生薬《きぐすり》の在庫に目を光らせたり、小僧を指導したり、そのわずかな合間を縫《ぬ》うようにして、薬研に向かう。

もっとも集中できるのは、夕餉《ゆうげ》を食べ終えてから寝るまでの間だ。できるだけ多めに作っておきたいから、寝るのがどんどん遅くなる。

夜の長いうちはまだいい。昨日が春分だったから、これから日一日と、日脚は長くなってゆく。ただでさえ寝る間の短い夏の夜に、この調子で体がもつのだろうか。

なんて、弱音は吐いてらんねぇな。

他でもない旦那様が、熊吉にならできると踏《ふ》んで命じたこと。手心を加えてほしいとは、口が裂《さ》けても言いたくなかった。

幸いにも、自分はまだ若いのだ。体力にものを言わせて、なんとしてでも乗りきってやる。

かねてから作りたいと言っていた私塾については、いったん棚上げ。今は後進を育てるより、自分が育たねばならない時期だ。下の者を育てる余裕はないという、旦那様の予言のとおりになっていた。

「二人とも、今やっている分を終えたら寝なさい」

丸薬を作り終え、道具の片づけに入りながら旦那様が言う。そのひと言に、ほっと肩の力が抜けた。

しかしまだ、熊吉は生薬を粉にしているところ。一方の若旦那はすでに薬を練《ね》り上げて、金型の枠に押し込んでいる。眠気はすっかり吹き飛んで、急がねばと手を早めた。

よし、そろそろだな。

粉にした生薬は篩《ふるい》にかけ、飛び散らぬよう気をつけて捏《こ》ね鉢に移す。そこに湯煎《ゆせん》で水気を飛ばした蜂蜜《はちみつ》、すなわち煉蜜《れんみつ》を少しずつ混ぜてゆき、蜜が行き渡ったところで蕎麦《そば》のように手で捏ねてゆく。

「ときに熊吉、宝屋《たからや》のお梅《うめ》さんの話だが、升川屋《ますかわや》のお志乃《しの》さんから行儀作法を教わっているそうだね」

灰ばかりが目立つ火鉢に手をかざし、旦那様がもののついでのように話しかけてくる。すでに桜の蕾《つぼみ》が膨《ふく》らみだしているとはいえ、朝晩はまだ冷える。だが炭を継《つ》ぎ足《た》すよりは、早くお開きにしてしまったほうがよい。熊吉はよりいっそう、薬を捏ねる手に力を込める。

「はい、そのようですね」

「それはつまり、花嫁《はなよめ》修業ということだろう」

「だと思います」

「ふむ。ならばお梅さんのほうではもう、覚悟を固めているわけだね」

なんとも白々しい。熊吉に問いかけながら、その実若旦那に聞かせようとしている。お梅の花嫁修業の件を、旦那様の耳に入れたのは只次郎《ただじろう》か升川屋か。そういえば昨夜、久し振りに『ぜんや』で一献《いっこん》傾けたそうである。

「ああ、だけどお梅さんの頭の中にある嫁《とつ》ぎ先は、うちではないかもしれませんね」

「おお!」と、うっかり声が出そうになった。

てっきり「あとはお前さんの覚悟だけだね」などと、若旦那をせっつくものと思っていたのに。急き立《せ》てるだけでは駄目と思ったか、手を変えてきた。

「えっ！」

その手にまんまと乗せられて、聞かぬふりをしていた若旦那が顔を上げる。目元には、焦《あせ》りの色が浮かんでいる。

「うち以外にも、縁談があるんですか」

「そりゃあるでしょうよ。お梅さんは器量よしだし、心根もいい。おまけに明るくって、働き者だ。お前さんがぐずぐずしているうちに、横から搔《か》っ攫《さら》われてもしょうがない」

「そんな。いったいどこの誰《だれ》が」

独《ひと》り言《ごと》のように呟《つぶや》いて、若旦那がこちらに目を向けてくる。

熊吉の知るかぎり、お梅に二心はない。升川屋の離れに通っているのも、ひとえに若旦那のためである。

といっても旦那様の企《たくら》みの邪魔《じゃま》をするわけにいかず、なにも知らないふりを装《よそお》って首を傾《かし》げた。

「おおっと、いけない。お前さんの縁談について、差し出口はよせと言われているんだったね。これはすまなかった」

「いやあの、お父《とっ》つぁん――」

「はいはい、もう余計なことは言いません。私だってもうね、覚悟を決めたんだよ。縁組みをし損なってお前さんが生涯《しょうがい》独り身でも、構やしません。跡《あと》取りなんざ、養子を取れば済むことです。なんなら熊吉、お前養子になりますか？」

「ご冗談《じょうだん》を」

心にもないことをと、熊吉は苦笑する。旦那様がそう易々《やすやす》と、縁組みを諦《あきら》めるわけがない。現にこうして、若旦那に揺さぶりをかけている。

冷静に考えれば分かりそうなことなのに、恋を知った若旦那には余裕がない。型から取り出した丸薬を形よく丸めながら、呆然《ぼうぜん》と口を開けている。

大店《おおだな》の跡取りとして生まれ、争い事とは無縁に生きてきたお人だ。はたして恋の鞘《さや》当《あ》てに、参加する気概《きがい》はあるのだろうか。

若旦那様は、自ら身を引きかねないんだよなぁ。

はたして旦那様の揺さぶりが、吉と出るか凶と出るか。

しばらくは、注意深く見守る必要があるな、と思いつつ、熊吉は薬の金型を手に取った。

春眠暁を覚えず。なれど奉公人の身の上で、そんな甘えたことは言っていられない。誰も彼も無理矢理夜具から身を引き剝《は》がし、ふらりふらりと井戸端へ向かう。

冷たい水で顔を洗えば、いつもなら頭の芯《しん》に残っている眠気もすっきりと流れてゆく。しかし疲れが溜《た》まってきたのか、どうも体がしゃっきりしない。だからといって、休むことは許されない。

動いているうちに、少しは調子が戻るだろう。若さを頼み、熊吉は日課となっているヒビキの墓を詣《もう》でる。白梅の木の根元。花は終わってしまったのに、朝靄《あさもや》にほんのり甘さが滲《にじ》む。これから咲こうとする花々の、息吹が充満しているのだ。

膝《ひざ》を屈し、小さな墓に手を合わせる。ホーホケキョと、鳴いているのは藪鶯《やぶうぐいす》。若鳥らしく、歌が下手《へた》だ。それもまたご愛敬《あいきょう》。思わずふふっと笑ってしまう。

「やっぱり、ここにいやがったか」

心ゆくまで手を合わせ、立ち上がったところで、背後から声をかけられた。肩越しに顧《かえり》みれば、平手代《ひらてだい》に落とされた留吉《とめきち》である。

「おや。私をお探しでしたか、留吉さん」

お仕着せの縞《しま》の色は同じでも、相手のほうが年輩だ。わざとへりくだった物言いをしてやると、留吉は嫌そうに顔をしかめた。

「うるせぇ。ほらこれ、辰巳《たつみ》の筋からの預かりもんだ」

そう言うと、懐《ふところ》から取り出した物を押しつけてくる。なにげなく受け取ってみると、菓子の包み紙を小さく折り畳《たた》んであった。

「辰巳？」

首を傾げつつ、紙を開く。なにかを包んでいるわけでもなく、折り皺《じわ》のついた紙の裏にただひと言。『あひたし』と、拙《つたな》い仮名文字が躍《おど》っている。

「よ、色男」

熊吉の手元を覗《のぞ》き込み、留吉が調子外れな口笛を吹く。その様子に、やっと差出人の見当がついた。

江戸の辰巳の方角には、深川《ふかがわ》がある。小便臭い溝《どぶ》のにおいを思い出し、熊吉は額《ひたい》を押さえた。

「困りますよ、留吉さん」

「いいじゃねぇか、しょせんはちょんの間。息抜きに立ち寄ったって、小半刻《こはんとき》（三十分）もかかりゃしねぇ。てめぇだって、せっかく男になったんだろ」

「よしてくださいよ」

留吉が悪乗りをして、熊吉の尻《しり》をちょっとつねる。騒ぎもせずに振り払うと、白けたように鼻を鳴らした。

「ハッ、まぁいい。好きにしやがれ。ただし、あんまりのめり込むんじゃねぇぞ」

そのつもりはないというのに、人差し指を突きつけて、余計な忠告を残してゆく。

留吉の背中を見送って、熊吉は深々と息をついた。

二

悠々と、百合鷗《ゆりかもめ》が羽を広げて飛んでゆく。春の空は少しぼやけたような薄浅葱《うすあさぎ》色。大川《おおかわ》の水の流れものたりとして、どうにも景色まで眠そうだ。あるいは己の目を通すと、すべてがそう見えてしまうのだろうか。

行商簞笥《だんす》の担《にな》い紐《ひも》が、じわりと肩に食い込んでくる。荷を揺すり上げるようにして背負《せお》い直し、熊吉は新大橋《しんおおはし》を渡ってゆく。

渡った先は深川だ。手紙をもらったからというわけではなく、今朝はもともと、この界隈《かいわい》の得意先を回る心積もりであった。

回る先は、前より増えた。年が明けてからというもの、ひと袋一分もする龍気養生丹の客まで熊吉の受け持ちとなっている。

高直な薬だけに、商《あきな》いの相手は大名や大身旗本《たいしん》、または名の知れた大店など、気の張るお歴々ばかり。慣れぬ客に、体だけでなく心もすり減るようである。

「ああ、薬屋か。まとめてそこに置いていけ」

それにしても武家奉公人というのは、どうしてこんなに居丈高《いたけだか》なのだろう。

橋を渡った先にある屋敷の勝手口で、熊吉は苛立《いらだ》ちをぐっと飲み込んだ。

ここの主《あるじ》は、五千石の大身旗本。さすがに広くて立派《りっぱ》な屋敷だが、熊吉が踏み込めるのはじめっとしたお勝手までだ。応対に出るのも下男だから熊吉と同じ奉公人だが、武家屋敷に勤《つと》めていると自分まで偉くなったと錯覚《さっかく》するのか、やけに上からものを言う。

てめぇごときが、どれほどのもんだい。

まさに虎《とら》の威を借るなんとやら。それでも背後に控える虎の機嫌《きげん》を損ねるわけにいかないと、こちらは下手《したて》に出るしかない。せいぜい心の中だけで、べぇっと大きく舌を出す。

「かしこまりました。それでは今月も十袋、こちらに置いてまいります」

親類縁者にも配るらしく、この旗本家には毎月十袋を届けている。後継がいなければお家断絶の憂《う》き目を見るお武家では、子作りはもはや責務なのである。陽の気を高める龍気養生丹の噂《うわさ》は、口伝てにじわりと広まりつつあった。

商売繁盛《はんじょう》、それがなにより。

下男の態度がちょっとくらい悪くても、払うものさえ払ってくれりゃあそれでいい。盆の掛け取りの際には、きっちり取り立ててやる。

一分の薬が十袋だから、二両二分、と。

矢立《やたて》を取り出し、帳面に取り引きのあらましを書き込む。それから熊吉は、一段高い板の間から見下ろしてくる下男に向かって頭を下げた。

「それではまた、ひと月後に」

「いいや、ちょっと待て」

「はい？」

引き留められて、再び顔に笑みを貼《は》りつける。下男が黄ばんだ乱杭歯《らんぐいば》を覗かせて、にちゃりと笑った。

「そういや先月の薬が、ひと袋足《た》りなかったようだ。詫《わ》びとして、ふた袋余分に置いていきな」

「そんなはずは――」

熊吉は慌てて手元の帳面を繰る。たしかに十袋納めたと記載があった。数の数え間違いという、洟垂《はなた》れ小僧のようなしくじりを今さらするはずもない。

「ごちゃごちゃぬかすんじゃねぇ。足りねぇもんは足りねぇんだ。この、独活《うど》の大木が！」

唾《つばき》を飛ばし、下男が怒鳴《どな》りつけてきた。のみならず上背のある熊吉を、役立たずと罵《ののし》った。

言いがかりだ。この薬が高直と知って、難癖《なんくせ》をつけてせしめた分を、己の懐《ふところ》に入れようとしている。そうやって、せこく儲《もう》ける心積もりだ。

「この調子じゃ、躾《しつけ》の悪い手代がいるようだと、店に怒鳴り込まなきゃいけねぇなぁ」

御用聞きが若輩《じゃくはい》の熊吉に変わったのを幸いと、足元につけ込んでくる。商家の年若い手代など、脅《おど》せばどうにでもできると思っているのだ。

この男が本当に怒鳴り込んできたとしても、旦那様や若旦那に敵《かな》うはずがない。それでも問題を内々に収めきれなかった、熊吉の手腕は問われる。

しょうがねぇ。ここはとことん下手に出て、乗りきろう。

そう決めて、熊吉は眉《まゆ》をうんと下げる。両膝に手を突くと、体を二つ折りにした。

「それはそれは、手前の手違いで申し訳のないことを。店までご足労いただくなんて、滅相もないことでございます。後日ご都合のよろしいときに、主人共々詫びに伺いますので。どうかお許しくださいませ」

さぁ、どう出る。頭を下げっぱなしにしていても、下男のたじろぐ気配が伝わってくる。

「いいや、それにゃ及ばねぇ。薬をふた袋、いいや、ひと袋置いてってくれりゃ、俺の胸三寸に収めてやるよ」

「まさかまさか。薬が足りなかったとなれば、お旗本様もさぞお怒りでしょう。ひらにひらに、主からの詫びをお聞き入れくださいませ」

「ああ、ちくしょう。もういいよ」

「もういいとは、どのような意味にございましょう?」

「薬は足りてた。ということにしといてやる」

「でも、足りていなかったのでしょう?」

「足りてた。足りてたったら、足りてた!」

熊吉の馬鹿正直な対応に、下男がついに匙《さじ》を投げた。

これ以上、相手をするのが面倒になったらしい。「もういいから帰りやがれ」と、犬っころを追い払うように手を振った。

お生憎様《あいにくさま》。そうすんなりと、引き下がってやんねぇぞ。

この手代には下手に関《かか》わらないほうがいいと、思い知らせておかなければ。熊吉は土間に膝を突くと、先ほど板の間に置いた薬の束《たば》を手に取った。

「先月の分は、足りておりましたので？」

「ああ、足りてた。俺の思い違いだ」

「それでは今月の分に不足があるといけませんから、声に出して数えてくださいますか」

「はっ？　いや、いいよ。帰れよ」

「そういうわけにはまいりません。はい、いーち、にーい。さぁ、ご一緒に」

「うるせぇよ。分かったって」

「さぁーん、しぃーい」

「ああ、もう。五、六、七、八、九、十！　間違いねぇ、十袋だ。さぁ、帰れ！」

「どうも、おありがとうございました」

下男が思慮《しりょ》の足りぬ奴《やつ》でよかった。お陰《かげ》で思い描いたとおりに事が運んだ。熊吉を陥《おとしい》れたところで旨味《うまみ》はないと、これで学んでくれたことだろう。

こういう奴は味を占《し》めると、二度、三度と繰り返すからな。

旗本屋敷を後にして、詰めていた息をふっと吐く。くだらないやり取りに、時を費《つい》やしたものである。

こんな強請《ゆすり》まがいのことはめったにないが、武家相手の商いでは、熊吉など芥子粒《けしつぶ》のようなもの。目すら合わせてもらえずに、ただ言われたとおりに薬を届けて回っている。

このままでは、子供の使いも同然だ。しかし応対に立つのが出替わり奉公の下男下女だから、信頼を築いてゆくことが難しい。

どのようにすれば、俵屋《たわらや》の手代として尊重《そんちょう》してもらえるのか。できれば武家奉公人の中でももう少し、上の立場の者と近づきになれるといいのだが。

悶々《もんもん》としながらも、次の得意先へと足を向ける。その道中右の瞼が、ぴくりぴくりと引き攣《つ》れだした。

腹の内とは異なる表情を貼りつけているせいか、近ごろは一人になると、顔が引き攣る。しゃれこうべに貼りついている薄い肉すら、疲れを訴えてくるのである。

「まいったな」

ごく小さく呟いて、熊吉は歩きながらぐりぐりと顔を揉《も》みほぐした。

深川では、あと三軒得意先を回った。そのうちの一軒は、なんと寺だ。生臭坊主でも、客は客。おくびにも出さないが、世も末だなぁと思う。この寺には加持祈禱《かじきとう》に訪れる女人が多く、美僧を取り揃《そろ》えているそうである。

「どうも、おありがとうございます」

大袈裟《おおげさ》なくらい頭を下げて寺を辞すると、今度は左の瞼がぴくぴく動いた。

分かっている。世の中は、綺麗事《きれいごと》ではできていない。先のご改革でも、身に染みた。人は清流に棲《す》む岩魚《いわな》ではなく、泥水を啜《すす》って生きる鯰《なまず》なのだ。仏に帰依《きえ》する坊主とて、しょせんは人。俗欲からすっぱり手を切ることなど、生半《なまなか》な者にできるはずがない。

それでもこんな事例を目にするたび、うんざりとした気持ちにさせられる。いっそのこと大空に飛び立てたらと思うが、頭上を行き交う鷗たちも、そんなに楽ではないはずだ。

この世は所詮《しょせん》、仮の宿り。気の休まる所など、どこにあるというのだろう。

「『ぜんや』に寄ってくか」

腹の空《す》き具合を撫《な》でてたしかめ、小さく呟く。

ここから神田花房町代地《かんだはなぶさちょうだいち》までは、半刻（一時間）ほど。今から歩いて行けば、昼餉の客の混雑も落ち着いているだろう。

その前に、水をひと口。お天道様《てんとさま》が高く昇《のぼ》り、日向《ひなた》にいると喉《のど》が渇《かわ》く。それに春の風は、なんだか少し埃《ほこり》っぽい。

熊吉は懐から、手拭《てぬぐ》いと竹筒を取り出した。その拍子《ひょうし》に、皺くちゃの紙がひらりと落ちる。留吉から渡された手紙を、懐に突っ込んだままにしていた。

「ああ、もう」

行商簞笥の重みを感じつつ身を屈《かが》め、紙切れを拾う。広げてみると、『あひたし』の四文字。

きっと、手紙に使う杉原紙《すぎはらがみ》を買う余裕もないのだ。この菓子の包み紙は客からの差し入れを包んであったのか、それとも同輩に頼んで分けてもらったのか。

はっきりと、もう来ねぇと言ったはずなんだけどな。

こんなふうにこの先も、手紙が届くようでは困る。もう一度、会って念を押しておくべきだ。

神田方面に向かう前に、ちょっと寄ってくか。

放《ほう》っておくと、もっと面倒なことになるかもしれない。そう踏んで、熊吉は堀割が細かく入り乱れる深川の町の、さらに奥へと足を向けた。

三

深川といえば、言わずと知れた岡場所《おかばしょ》である。格式張った吉原《よしわら》よりも気軽に遊べるとあって、地元の旦那衆から商家の手代まで、夢心地に金を落としてゆく。寛政《かんせい》のご改革の荒波をも乗り越えて、春をひさぐ女たちは減るどころか増えている。

最も華やかなのは、永代寺門前仲町《えいたいじもんぜんなかちょう》。一の鳥居をくぐったあたりから料理茶屋や水茶屋がずらりと並び、三味線《しゃみせん》の粋《いき》な音色が洩《も》れてくる。立派な料理屋に呼び出されてやって来るのは、喜多川歌麿《きたがわうたまろ》が描くような柳腰の妓《おんな》であろう。

そんな値の張る通りに、用はない。熊吉は油堀《あぶらぼり》を渡ると永代寺方面には向かわずに、せせこましい路地へと分け入ってゆく。

相変わらず、嫌なにおいのする場所だ。路地の両側には平屋建ての長屋が並んでおり、戸を開け放してある部屋の前には、着物をだらしなく着付けた女たちが立っている。中には溝板を外し、恥ずかしげもなく尻をまくって放尿している女まで。厠《かわや》に行く手間を省《はぶ》こうとする者は一人ではないらしく、路地全体に小便のにおいが染みついている。

「おやおや、お兄さん。いい男だねぇ。もちろん寄ってくだろ?」

素通りしようとした部屋の前で、女に捕まった。するりと腕を絡ませて、うふふと顔を寄せてくる。女の汗と安い白粉《おしろい》のにおいが混ざり合い、近寄られると息が詰まる。

「すまねぇが、他に用があるんでね」

よく見れば、女はかなりの年増《としま》である。白粉を分厚く塗《ぬ》り重ねてごまかそうとしているが、皺《とし》の一本一本がよけいに際立って、ひび割れを作っている。

こんな歳になってもまだ、客を取らねばならないのか。本気を出せば手を振り払えるが、哀《あわ》れを催《もよお》してしまい、それができない。

岡場所の女郎屋も、ピンからキリまで。まさにこの界隈が「キリ」である。最も粗末な部類の、切見世《きりみせ》だ。

長屋のひと部屋ひと部屋は、畳《たたみ》二畳分しかない。あとは土間と小さな板の間がついているのみ。女たちはそこに暮らし、ひと切り百文で客を取る。ひと切りは、線香一本が燃え尽《つ》きるまでである。

入り口の戸が閉まっている部屋は、取り込み中。開いていれば客待ちで、女自ら戸口に立って客を引く。人気の出ない女郎ほど必死で、ときに強引な手も使う。

「まぁまぁ、遠慮《えんりよ》することたないよ。さ、荷物を運んじまおうね」

「ちょっと待て。これは駄目だって」

年輩の女郎は調子に乗って、行商簞笥の担い紐を引っ張ってくる。大事な商売道具を奪われては敵わないと、熊吉は慌てて荷を押さえた。

「姐《ねえ》さんが持つには重いから、手を放してくれ。な、頼むよ」

「なんのなんの、こう見えてアタシは腕の力が強いんだ」

「そんな鶏《とり》ガラみてぇな腕で、なに言ってやがる」

戸口に立つ女は他にもいるが、手出しをせず眺《なが》めるばかり。中には「お鶴《つる》姐さん、やっちまえ！」と、年輩の女郎を応援するむきもある。

「やめてくれって！」

ついに熊吉は、大声を出した。ややあって閉まっていた三軒奥の部屋の戸が、がたぴしと開く。そこから飛び出してきた切り前髪の女が、熊吉を見てにこりと笑った。

「熊吉さん、来てくれたんだね。おいこら、婆《ばば》ァ。この人はアタシの客だよ。手を放しやがれ！」

熊吉には蕩《とろ》けるような笑顔を見せ、お鶴姐さんのことは鬼の形相《ぎょうそう》で睨《にら》みつける。同輩の客を取ってはいけないという決まりでもあるのか、姐さんは「チェッ！」と舌打ちをしただけで、すんなりと手を放した。

「会えて嬉《うれ》しい。ずっと待ってたんだよ」

お鶴姐さんの代わりに、今度は切り前髪の女が腕にまとわりついてくる。豊かな胸乳が押しつけられて、急に落ち着かぬ心地になった。

「いや違うんだよ、お万《まん》さん」

「なにが違うんだい。ま、ひとまず部屋にお入りよ」

腕を引っ張られると、なぜかいつもどおりの力が出ない。お万に導かれるままに、ふらりふらりと体が動く。

どのみち他の女郎もいる前じゃ、込み入った話はできねぇもんな。

しかたがねぇと諦めて、熊吉はお万に続いて三軒奥の部屋に入り、戸を閉めた。


お万との縁ができたのは、ほぼひと月前。一月の藪入《やぶい》りの日であった。

藪入りの熊吉は、『ぜんや』の飯と酒を心ゆくまで堪能《たんのう》するのがならいである。その日も朝のうちに外神田へと向かう心積もりでいたのだが、さぁ出かけようという段になって、留吉が馴《な》れ馴れしく肩を組んできた。

「なぁ、手間は取らせねぇから、ちょっとつき合えよ」

珍《めず》しいこともあるものだ。表面上波風を立てないようにはしているが、留吉は熊吉を嫌っているし、熊吉だって彼のすべてを許したわけではない。どういう風の吹き回しだろう。

「なんのご用で？」

「まぁ、いいからさ」

尋《たず》ねてもはぐらかされ、肩を組んだまま歩きだす。俵屋の裏口を出てみると、そこには手代頭の末吉《すえきち》までいるではないか。

もとは留吉の子分だった男だ。立場が逆転してしまってからは、互いにやりにくそうにしている。かつては留吉と一緒になって、熊吉を虐《いじ》めてもいた。だからこの男のことも、熊吉は心《しん》から許してはいなかった。

日頃《ひごろ》なに食わぬ顔で働いていながらも、因縁《いんねん》浅からぬ三人である。おかしな取り合わせだと思っていたら、留吉が景気よく手を打ち鳴らした。

「よし、中へ繰り出そう！」

中というのは、吉原のことである。いつだったか薬を売り込みに行った際に見た、極彩色の鳥のような女たちが頭に浮かんだ。

「ちょっと、困りますよ」

「見るだけ、見るだけ。毎日干《ひ》からびた生薬ばっか目にしてんだ。たまにゃ綺麗なものを見たって、罰《ばち》は当たんねぇよ」

ようするに、冷やかしだ。昼見世の総籬《そうまがき》に居並ぶ妓たちを見て、あれはいい、こいつはいまひとつだ、などと品評する。男同士の結束とは、そういったくだらない遊びの積み重ね。依然気まずい三人の、友好の助けとなればいいというのである。

馬鹿馬鹿しい。と、まず思った。金もない手代ごときにじろじろ見られては、花魁《おいらん》だって気が悪かろう。たとえ人形のように美しくとも、彼女らには血が通い、心があるのだ。

その一方でこういった男同士のつき合いを軽んじてきたせいで、手代仲間から嫌われてしまったのではないかという負い目もある。もはや嫌がらせを受けてはいないが、うまく馴染《なじ》めているかと問われると、怪しいものだ。

「まぁ、見るだけなら」

流されやすい末吉が先に頷《うなず》き、断りづらくなっていた。気は進まないが、これもつき合いだ。熊吉もまた、吉原行きを承諾《しょうだく》した。

吉原は、昨年の二月に焼けている。被害は甚大《じんだい》だったと聞いているが、一年もかけずに立ち直り、清々《すがすが》しい材木の香りと共に甘い夢を振りまいていた。

表通りに店を構える総籬は、さすがの格式。居並ぶ妓たちの美しさは、この世のものとは思われぬ。しかし皆一様にどこか眠そうな顔つきなのは、素見《すけん》の客ばかりだからだろう。

昼見世はそもそも暇《ひま》なものだが、藪入りとあって格子に張りついているのは商家の手代と思《おぼ》しき輩《やから》ばかり。日頃お仕着せの中に閉じ込められている、若い男たちの情欲が暑苦しい。妓たちもその視線に、飽《あ》き飽きしているに違いなかった。

「どうだ、気に入りの妓はいたか。顔をよく覚えとけよ」

留吉が首に腕を回して引き寄せて、耳元に囁《ささや》いてくる。言われずとも末吉は、眼《まなこ》を血走らせて一人の花魁を凝視《ぎょうし》していた。

「よし、じゃあ目に焼きつけたなら深川に行くぞ」

「はっ？　聞いてませんよ」

「なに言ってやがる。どちらか一方だけじゃ、片見月と同じだ。それ、まだ帰さねぇぞ」

八月の十五夜と、九月の十三夜。どちらか一方の月しか拝《おが》まないのは、縁起が悪いとされている。その風習になぞらえて、深川へと引きずられていった。

正直なところ熊吉は、彼らと別れて早く『ぜんや』へ行きたかった。金で買われる女たちを値踏みするのに、早くも嫌気が差していた。しかも深川には吉原のような、籬を備えた店などない。

それでも疑問を口にすることなく従ったのは、翌日からの仕事を円滑《えんかつ》にするためだ。なにせ熊吉は、手代としての立場がまた上がった。先輩たちの中には、内心面白くないと感じている者もいるだろう。情けない話だが下手に孤立して、またいじめの標的にされては敵わないと思ってしまった。

そうして連れてこられたのが、ここ深川松村町《まつむらちょう》の路地だ。外回りのついでに寄っているのか、留吉には馴染みの妓がいた。のみならず熊吉や末吉にも、別の妓をあてがった。

「ここの妓たちは見てくれの悪い婆ァばかりだが、目を瞑《つむ》ってさっきの花魁を思い浮かべると、いい塩梅《あんばい》だぜ」

などという、下卑《げび》た助言まで添えて。

そのとき熊吉の相手となったのが、このお万というわけだった。

「ねぇ、どうしたのさ。早くお上がりよ」

二畳しかない座敷に上がり、お万が敷きっぱなしの夜具にくたりと座る。その他には鏡台と行李《こうり》が一つあるだけの、簡素な部屋だ。戸は閉めたものの荷も下ろさず、土間に突っ立ったまま熊吉は問うた。

「いいのかよ。ここの戸、さっき閉まってたけど」

「ああ、ちょっとひと休みしてただけさ。客はいないよ」

「そうか、ならいいけど」

この部屋に、人が隠れられる場所などない。他に誰もいないのは一目瞭然《りょうぜん》なのに、無駄なやり取りをした。気持ちを落ち着かせるためだけの会話だった。

「だからね、お上がりってば」

褥《しとね》の上で、お万がしどけなく膝を崩す。着物の裾《すそ》が割れ、むっちりとした太股《ふともも》が目に飛び込んでくる。若くはないが、熟《う》れた桃のような女だ。桃にかぎらず水菓子は、腐《くさ》る手前が一番旨い。

熊吉は荷を下ろし、お万には背を向けて上がり口に腰掛けた。そうすれば、女の媚《び》態《たい》を見ずに済んだ。

「あら、つれない。お前さん、先月もそうしていたねぇ」

留吉がどう思っているか知らないが、熊吉はお万と懇《ねんご》ろになってはいない。そもそも金で女を売り買いするのが好きではないし、藪入りの日のお万は見るからに疲れていた。あの日は少ない給金を握りしめて息抜きしようという商家の手代たちが、ひっきりなしに路地を訪ねていたのだ。

「オイラはここに座ってるから、アンタは昼寝でもしてな。ちょっとの間で悪いけどさ」

そう言ってやると、お万は目を剝《む》いて驚いていた。

安い店ほど、金に汚い客が多い。たった百文の元を取ろうと、夢中で妓にむしゃぶりついてくる。そんな中で熊吉は、珍しい部類だったらしい。

「金を払っといてやることもやらず、女郎を寝かせてやるなんて、とんだ馬鹿が来たものだと思ったよ。でもアタシ、そんなお前さんに惚《ほ》れちまったんだよ」

背後でするすると、衣擦《きぬず》れの音がした。お万が近づいてくる気配がする。かと思うと、後《うし》ろから抱きすくめられていた。

「だからね、抱いとくれ。こないだの分と合わせて、たあっぷり持てなしてやるからさ」

熱い息が、首元にかかる。男の体とは違う柔らかな肉が、熊吉を包み込んでいる。

頭の後ろあたりが、危うく吹っ飛びそうになった。どんな綺麗事を並べていたって、欲に負けるのは容易《たやす》い。引き潮《しお》に攫われるように誘われかけ、熊吉はすんでのところで踏ん張った。

「冗談言うな。そんなつもりで来たんじゃねぇよ」

「いいんだよ、金なんざいらないからさ」

「だったらなおさらだ。アンタはこれで暮らしてんだろ。金を取らねぇなんて、とんでもねぇ」

「じゃあどうすりゃいいのさ。金を取っても取らなくても、抱いてくれやしない」

恨《うら》み言を口にしながら、お万がぎゅうぎゅうと胸乳を押しつけてくる。たまらずに、熊吉はその手を振り払って立ち上がった。

「困るんだよ。ここにはもう来ないって、言ったろ」

「でも、来てくれたじゃないか」

「それは、手紙なんざ寄越《よこ》すから」

見上げてくるお万の瞳が、微熱でもあるかのように潤《うる》んでいる。美しくはないが、親しみやすい顔立ちだ。丸みのある鼻を、すんと啜った。

「ならこれからも、手紙を出せば来てくれるんだね？」

「なんでそうなる。オイラは新しい仕事を任されて、頭も体もそっちにかかりっきりなんだ。女に現《うつつ》をぬかしてる暇はねぇんだよ」

この前も、また来てほしいと追いすがられた。そのときだって、一言一句違《たが》わず同じことを告げたはずだ。なのにまだ、熊吉に執着《しゅうちゃく》する理由はなんだ。あるいはこれが、女郎のやり口なのだろうか。

「だから手紙を託《たく》すのもやめてくれ。次はもう、読まずに捨てるからな」

「そんな、ひどい。熊吉さんは、アタシのことが嫌いなんだね。汚らしい女郎と思ってやがるんだ」

「ひと言も言ってねぇだろ、そんなことは」

お万の瞳がくらりと揺らぎ、ついには袖口《そでぐち》を顔に当ててさめざめと泣きだした。これも手管《てくだ》かと思いきや、本当に涙を流している。

目の前で泣かれると、どうしたらいいのか分からなくなってきた。

「なにも泣くこたねぇだろ」

「好いた男に振られたんだ、しょうがないだろう」

「オイラのなにがそんなにいいってんだよ」

お万は返事の代わりに、嗚咽《おえつ》を洩らす。息を吸うと、胸が跳ねる。まるで子供のような泣きかただった。

ああもう、ちくしょう！

「分かった、じゃあこうしよう。男と女の仲はやめて、友達になろうじゃねぇか。仕事でこのへんを回るときには、『達者《たっしゃ》か？』と顔を出してやる。でもそれだけだ。ふた言み言話したら、オイラは仕事に戻るよ」

自棄《やけ》になって、熊吉もまた子供じみた提案をする。女郎にとっては、なんの旨味もない話だ。金も落とさず顔だけ見てゆく客なんて、ありがた迷惑に違いない。

ところがお万は、ハッと打たれたように涙に濡《ぬ》れた顔を上げた。

「ほんとに、会いに来てくれるの？」

「あ、ああ。ごくたまに、ほんのつかの間だぞ」

「それでもいいよ。顔を見られるだけで嬉しい」

そう言って、にっこりと笑ういじらしさ。不覚にも、胸を打たれてしまった。

「ほら、指切りしよう」

お万が絡めてきた小指は少しだけ湿っていて、温かかった。

四

なにをやってんだろうなぁ、オイラは。

己にすっかり、嫌気が差した。旦那様から託された新たな役目をまっとうできていないくせに、女にまで振り回されている。

そんなこと、やってる場合じゃねぇのになぁ。

知らなかった。自分がこんなにも、女の涙に弱いなんて。その気がなくとも一途《いちず》な思いを向けられると、まんざらでもない気持ちになってしまう。

本音をぶちまけちまえば、そりゃあオイラだって抱きたいよ。抱きたいけどさぁ。

他の手代と同じく熊吉だって、ほんのちょっとつつくだけで弾《はじ》けてしまいそうな若い体を持て余している。それでも女の弱い立場につけ込んで、関係を持つのは違うと思う。

ほんと、馬鹿なことを言っちまったよ。

二十歳《はたち》にもなって、「友達になろう」だなんて。駆け出しの手代と切見世の女郎の間に、どんな友情が芽生《めば》えるというのか。思いを残すよりきっぱりと縁を絶《た》ってしまったほうが、互いのためにもよかったろうに。

腹の底から、ため息をつく。胸の中のもやもやは、共に吐き出されてはくれなかった。

「なんだい、辛気《しんき》くさいねぇ。幸せが逃げるよ」

よしとくれと言いながら、お勝《かつ》が折敷《おしき》を運んでくる。すでに昼八《や》つ半（午後三時）。

『ぜんや』には熊吉の他にひと組しか客がおらず、ゆったりとした時が流れている。

調理場には、お妙《たえ》とお花《はな》。只次郎は仕事で出ており、姪《めい》のお栄《えい》は今日も升川屋の離れを訪ねているという。

あの姫さんも、どうするつもりなんだろうなぁ。

親の勧《すす》める縁談を嫌って、逃げ回ってはいるけれど。只次郎のことだから、そうやって時を稼《かせ》ぎながらなにか策を練っているはずだ。それはお栄が頻々《ひんぴん》と升川屋に出入りしていることと、決して無縁ではないのだろう。

まぁいい。今は人のことを気にしている場合じゃない。

新しい仕事を任されるたび、頭の中がそればかりになって余裕をなくす。自分は案外、要領が悪いのかもしれない。

「ほら、またため息」

お勝に指摘されるまで、息をついたことにも気づかなかった。

「なにがあったか知らないが、ひとまず飯を食いな。腹が減ってるときに悩んだって、いい案はなんにも浮かばないよ」

そんな小言を口にしながら、折敷の上に料理を並べてゆく。言われてみれば、ひどく腹が減っている。

「それにしてもアンタ、もうちょっと気をつけな」

ふいにお勝が、耳元に顔を寄せてきた。こめかみに貼られた膏薬《こうやく》のにおいが、つんと鼻に抜けた。

「なにをさ」

「お花ちゃんが不思議がってんだよ。アンタから今日も、白粉のにおいがするってね」

「はっ？」

思わず肩口に鼻を寄せ、においを嗅《か》いだ。しかし熊吉には、なにも感じられない。お花は鼻が利《き》きすぎる。

「待ってくれ、今日もってなんだよ」

「前は、藪入りの日だったね。心当たりはあるんだろ」

お勝に言われ、うっかり顔をしかめてしまった。これでは「ある」と答えたも同然だ。

「アンタも年頃だから、分かるけどさ。もうちょっとうまくやんな」

「そんなんじゃねぇよ」

まともに言い返せなくて、熊吉は唇《くちびる》を尖《とが》らせる。お勝やお妙の前ではたまに、十やそこらの童《わらべ》に戻ったような心持ちにさせられる。

「まぁいい、お気張りな」

「痛ぇ！　なにすんだよ」

背中を力一杯叩《たた》かれて、飛び上がる。お勝は皺だらけの顔を歪《ゆが》めて笑った。

「若いって、いいもんだと思ってね」

「なに言ってんだい。お勝さんだって、まだ二十歳だろ」

「そうだった、忘れてた」

色の悪い舌を出し、お勝が引き上げてゆく。その後ろ姿を目で追った先に、調理場で働くお花がいる。

つかの間だが、たしかに互いの目が合った。それなのに、お花はすいっと顔を背《そむ》けてしまう。熊吉の体から白粉のにおいがするわけに、気づいてしまったのかもしれない。

控《ひか》えめに袖口を嗅いでみるが、やはり熊吉には分からない。お花の鼻は、どうなっているのだろう。

――まいったなぁ。

客が少ないときはあれこれと話しかけてくるお花が、どうりで寄りつきもしないはずだ。かといって仔細《しさい》を話して聞かせるのはきまりが悪いし、仮に女郎買いをしていたとしても、お花に責められるいわれはない。それなのに、どうも居心地が悪かった。

よし、さっさと飯を済まして出よう。

『ぜんや』に卸《おろ》しているぶんの、龍気補養丹の補充は終えている。遅めの中食《ちゅうじき》を腹に収め、次の得意先へ向かうとしよう。

熊吉は箸《はし》を取り、お勝が整えてくれた料理を見下ろす。酒は飲まないから、飯も一緒に出してもらった。

お菜は独活と鰆《さわら》の味噌煮《みそに》、独活の穂先《ほさき》と人参《にんじん》のかき揚《あ》げ、春菊《しゅんぎく》と椎茸《しいたけ》の白和《しらあ》えだ。旬《しゅん》のものだからしかたないが、狙《ねら》ったかのように独活が使われている。しかも、ふた品。「独活の大木が!」と罵る、下男の声が耳によみがえる。

ただ真面目《まじめ》に働いてるだけなのに、なんであんなこと言われなきゃなんねぇんだろうなぁ。

そう思うと、遣《や》りきれなくなってくる。

まぁいい、今はいったん忘れよう。熊吉は袖の中に手を入れて、布越しに土鍋《どなべ》の蓋《ふた》を取った。炊《た》きたての飯はいつもならお花が注《つ》ぎ分けてくれるが、今日はそのつもりがないようだ。

ふわりと立ち昇った湯気は、甘く香ばしい。白飯ではなく、ほんのり醬油《しょうゆ》色に色づいている。飯と共に炊き込まれているのは、馬鹿貝《ばかがい》の剝き身だ。独活の大木に、馬鹿。どうにも今日は、『ぜんや』の飯にまで嘲《あざけ》られているかのようだ。

いつもなら独活や馬鹿貝を出されてもそんなふうに感じやしないのに。けっきょくのところは熊吉の、心持ちが弱っているのだろう。

よし、食うか。

お勝に言われたとおり、空腹のまま悩んでいたってしょうがない。熊吉は炊き込み飯を茶碗《ちゃわん》によそうと、勢いよく搔《か》き込んだ。

旨い。馬鹿貝はきっと、一つずつ砂を搔き出してあるのだろう。肉厚の身はふっくらしており、じゃりっと歯に当たる嫌な感触もない。なにより貝の出汁《だし》を吸い込んだ、飯がなんとも味わい深い。

飯に添えられた汁は、芹《せり》と豆腐の吸い物だった。ひと口啜ると野性味のある芹の香りが広がって、口の中がさっぱりする。ふうとひと息ついてから、次の料理に箸を伸ばす。

独活と鰆の味噌煮は、赤味噌と白味噌を混ぜて使っているようだ。コクがあるのに、ほんのり甘い。柔らかい鰆の身と、しゃきしゃきした独活を一緒に食べると、食感の違いも楽しめる。

「ああ、旨《うめ》ぇ」

小さく呟きながら、もりもり食べた。

全部この腹の中に、収めてやる。独活も馬鹿貝も、心ない罵倒《ばとう》も、自責の念も。すべて糧《かて》にして、でっかい男になってやる。

食べ進めるうちに、少しずつ腹が膨《ふく》れてきた。それでも熊吉は、手を緩《ゆる》めることなく飯を食う。夢中になって箸を使っていたら、表戸がからりと開く音がした。

「おいでなさいませ――。あらっ」

珍しい客が来たのか、お妙が驚きの声を上げる。誰だろうと茶碗から顔を上げ、熊吉の手はついにぴたりと止まった。

「ああ、すみません。食事に寄ったわけじゃないんですが――」

温和な顔を申し訳なさそうにしかめながら、細身の男が入ってくる。朝な夕なに、眺めている面立《おもだ》ちである。

「わ、若旦那様」

口の中のものをごくりと飲み下してから、熊吉は声を上ずらせた。

若旦那が隣に腰掛けて、出された番茶を啜っている。出先で飯を食べていたってべつに咎《とが》められるようなことではないのだが、なんとも気まずい。なるべく音がしないように、そろりそろりと箸を運ぶ。

「食事中に、すまないね。気にせずお食べ」

「はぁ、失礼します」

ぺこりと頭を下げて、熊吉は残りわずかだった飯を平らげた。

それにしても若旦那は、なんの用があるのだろう。お梅とは月に一度『ぜんや』で飯を食べているが、今月の約束はまだ先だ。供の一人も連れずに来て、さっきから妙にそわそわしている。

「すみません、お待たせしました」

もうひと組の客の勘定《かんじょう》を済ませ、お妙がこちらにやって来る。小上がりの皿や酒器は、お勝とお花が片づけている。

「ああ、いえ。こちらこそ突然すみません」

「いいんですよ。それで、お話って？」

客が店を出るのを見届けてから、お妙が水を向けてくる。話があると言いだしたのは若旦那のほうなのに、いざとなると、目に見えて狼狽《うろた》えだした。
「ええっと、話というほどのことでもないんですが。ちょっと、小耳に挟みまして
――」
その慌てようから、予想がついた。若旦那は昨夜の旦那様とのやり取りを、気にし
ているのだ。
「お梅ちゃんのことですか」
なかなか切り出そうとしない態度に焦《じ》れて、お妙のほうから助け船が出された。若
旦那がお妙に聞きたいことなど、他にいくらもないだろう。ただそれだけのことなの
に、図星を指されて、若旦那はハッと息を飲んだ。
「やっぱり、そうなんだ。お梅さんには、他にも縁談があるんですね」
「えっ？」
話が急に飛躍《ひやく》して、お妙が目を瞬《しばたた》く。助けを求めるような眼差《まなざ》しを向けられたが、
恋の病につける薬はない。熊吉は、ゆっくりと首を横に振った。
「お父つぁんに言われたんです。お梅さんは、うちに嫁ぐために行儀作法を習ってる
わけじゃないって。あの子なら引く手数多《あまた》だからって」
たしかに旦那様は似たようなことを言っていたが、微妙に言い回しが変わっている。

若旦那が頭の中で、妙な変換をしてしまったのだろう。不安が勝っているせいで、考えが悪いほうに傾いてしまうのだ。

「じゃあなにかい、お梅ちゃんがアンタと他の誰かを、両天秤《りょうてんびん》にかけてるって言いたいのかい」

お勝が片づけの手を止めて、こちらに向き直る。お花までが、批難《ひなん》するような眼差しを寄越してきた。

「そりゃあだってお梅さんなら、私よりもっといい人が――」

「なるほどね。そういう人がいるのなら、アンタは素直に身を引くってわけかい」

「それは、でも――」

厳しく責められ、若旦那が言い淀《よど》む。お花が前掛けを両手でぎゅっと握りしめ、口を開いた。

「ひどいと思う。お梅ちゃんの気も知らないで」

「お梅さんの、気持ち？」

それはどこにあるのだろうと言いたげに、若旦那の目が泳ぐ。まるで花を見つけた蝶《ちょう》のように、その視線はお妙の微笑《ほほえ》みの上に止まった。

「さぁ、どうでしょう。お梅ちゃんの気持ちは、お梅ちゃんにしか分かりません。私たちよりも、当の本人に聞いてみてはいかがでしょう」

「いいや、それよりもまずアンタの気持ちさ。ねぇ若旦那様、アンタはいったい、お梅さんとどうなりたいんだい？」

お勝まで畳みかけてきて、菩薩《ぼさつ》と閻魔《えんま》、双方から責められているかのよう。若旦那はしばし、目を白黒させていた。

色恋に疎《うと》いお人とはいえ、あまりにも煮え切らない。痺《しび》れを切らしたらしく、お花が顔をまっ赤にして進み出てきた。

「ねぇ、若旦那様。お梅ちゃんのこと、いつまで待たせるつもりなの？」

女たちは容赦《ようしゃ》がない。十六の小娘にまで叱《しか》られて、若旦那はついにがくりと項垂《うなだ》れた。

ちょっとばかり、刺激が強すぎたのだろうか。男所帯に育った若旦那は、女子《おなご》に囲まれることなどめったにない。遠慮のない物言いが、胸に突き刺さったものらしい。

「あの、若旦那様」

おそるおそる、呼びかけてみる。細く息を吐き出してから、若旦那が顔を上げた。

さっきまでとは打って変わって、その表情はなんらかの決意に満ちていた。

「すみません、目が覚《さ》めました。ちょっと、行ってきます」

「どこへ？」と、尋ねたのはお花である。

若旦那は、すっくと立ち上がった。

「宝屋へ」

ついに、心が固まったのか。熊吉も、後に続こうと腰を浮かせる。

「お供を」

「いや、いい。お前は外回りの続きに戻りなさい」

こういう言い回しをするときの、若旦那の声は旦那様そっくりだ。熊吉は「はい」と頷き、頭を下げた。

半年前の若旦那なら、「お梅さんの幸せが一番です」などと言って、すんなり身を引いていたことだろう。しかし『ぜんや』での逢瀬《おうせ》を重ね、欲が出てきたものと見える。今さらお梅を、他の誰かに掻っ攫われるのが嫌なのだ。

まったく、世話の焼けるお人だぜ。

その気持ちに気づくまで、いったいどれだけの時を費《つい》やしたのか。お梅とはじめて出会ったのが、たしか一昨年の十一月。なんとも長い道のりであった。

「お梅ちゃん、大丈夫かな」

若旦那の背中を見送ってから、お花が不安げに手を握り合わせる。

お勝が小上がりの縁《へり》に座り、「まぁ、平気だろう」と首をすくめた。

「それよりも俵屋は、これからもっと忙しくなるねぇ」

本当だ。若旦那さえ心を決めてしまえば、結納に祝言《しゅうげん》と、事はとんとん拍子《びょうし》に進むだろう。旦那様と若旦那が支度《したく》に手を取られるようになると、その皺寄せは熊吉に向かってくる。はたして、寝る暇などあるのだろうか。

「まぁ、しょうがねぇ。祝い事だからな」

さて、こうしてはいられない。今日だって、まだ回るべき得意先がある。

熊吉は足元に置いてあった行商簞笥を引き寄せ、立ち上がる。懐から銭を取り出し、手を突き出した。

「騒がせて悪かったな。オイラも行くよ。これ、お勘定」

「あ、はい」

なにげなく、お花が両手を受け皿にして銭を受け取る。その拍子に、袖口が触れ合った。

あ、しまった。

熊吉の袖から、いったいなにが香ったのだろう。お花は鼻っ柱に皺を寄せて「うっ!」と呻《うめ》くと、息を詰めたままそっぽを向いた。

白酒

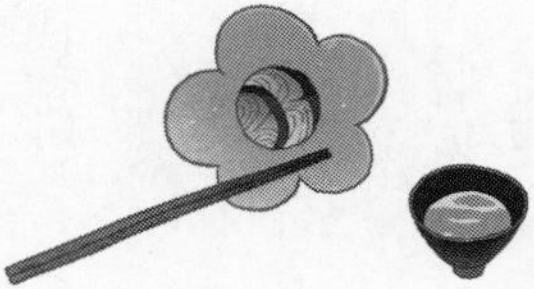

一

まだ夜の明けきらぬうちから、目を覚《さ》ます。

いつもなら周りの薄暗さを見て「あと少し」と目を閉じるところだが、今朝は違う。

身を起こし、そろりと夜具から抜け出した。

「んん――」

隣に寝ているお栄《えい》が、小さく唸《うな》る。起こしてしまっては可哀想《かわいそう》だ。

「大丈夫、寝てて」

そう伝えると、「ふぁい」とふやけた返事をして寝息をたてはじめた。

お栄を夢から引き戻さぬよう夜具はそのままに、着物を抱えて階段を下りる。一階の座敷で手早く着替えを済ませ、お花《はな》は『春告堂《しゅんこくどう》』の勝手口から外に出た。

井戸端にはまだ、誰《だれ》もいない。小暗い中に靄《もや》が立ち、景色が浮世離れして見える。

早朝の風は、ほんのり甘い。春のにおいである。

長柄杓《ながびしゃく》で水を汲《く》み、顔を洗う。うつむいて洗っていると、ふいに甘い香りが濃くなった。

「おはよう。早いわね」

お妙《たえ》である。お花は首にかけていた手拭《てぬぐ》いを使いながら、面《おもて》を上げた。

「おはよう。だって今日は、大忙しだもの」

気を張っていたから、起きられた。寝足《た》りぬはずなのに、眠気は少しも感じない。

弥生《やよい》三日は桃の節句。毎年この日は、前もって注文を受けつけておいた手鞠寿司《てまりずし》を作るのだ。忙《せわ》しないが、楽しみな作業でもあった。

お妙が洗面を終えるのを待って、共に『ぜんや』に入る。只次郎《ただじろう》は、まだ二階で寝ているのだろう。ことりとも物音がしなかった。

「じゃあまず、お花ちゃんはお米ね」

「うん！」

きりきりと、襷《たすき》を締める。

段取りは、前日に打ち合わせてあった。『ぜんや』では客の注文に合わせて飯を小さな土鍋《どなべ》で炊《た》くが、今日は大釜《おおがま》だ。井戸端まで運ぶと重いため、米を量《はか》って流しで砥《と》ぐ。体の重みを使って、何度も水を替えて砥いでゆく。

寿司のたねは、小鰭《こはだ》、海老《えび》、烏賊《いか》、甘鯛《あまだい》、平目、薄焼き卵に煮蛤《にはまぐり》。

昨夜のうちに平目は昆布《こぶ》締めに、甘鯛や煮蛤は漬け汁に沈めてある。お妙はまず甘鯛の汁気を切って串《くし》を打ち、七厘《しちりん》に火を熾《おこ》して焼きはじめた。

米を水に浸していると、馴染《なじ》みの棒手振《ぼてふ》りがやってきた。頼んでおいた小鰭、海老、烏賊を置いてゆく。

「はい、魚ァ!」

「いつもご苦労様!」

威勢のよい後《うし》ろ姿を見送ってから、お花は七厘の前にしゃがみ込んだ。

「代わるね。おっ母《か》さんは、小鰭をやって」

「ええ、頼んだわね」

小鰭は酢締めにするぶん、時がかかる。腹開きをしたのち塩をあて、酢に漬けるのだが、その塩梅《あんばい》も勘に拠《よ》るところが大きい。小鰭の大きさや季節によって、塩の入りかたが違うのだ。お花にはまだ、荷が重い。

代わりに甘鯛を炙《あぶ》ってゆく。店で出すのではなく、持ち帰ってもらうのだから、たねは必ず酢などで締めるか火を通す。注文を受ける数も、二人で無理のない範囲に留《とど》めている。

「やぁ、なんだか旨《うま》そうですねぇ」

魚の焼けるにおいに釣《つ》られたか、只次郎が寝ぼけ眼《まなこ》で二階から下りてくる。甘鯛は、柚庵《ゆうあん》焼きだ。漬け汁に柚子《ゆず》の輪切りを入れてあるため、焼いた煙も香り高い。

「すみません、朝餉《あさげ》なんですが――」

小鰆を真水に漬けていたお妙が、顔を上げる。こうしておくと、鱗《うろこ》が引きやすくなる。

「昨夜の残りの冷や飯に、その柚庵焼きを載《の》せて、お茶漬けにしたのでいいですか」

お花もお妙も、まだなにも食べていない。朝餉のことにまで、頭が回っていなかった。

「ご馳走《ちそう》じゃないですか！」

只次郎は目をぱちりと開けて、喜色満面に微笑《ほほえ》んだ。

ホー、ホケキョ！

ハリオが目を覚ましたらしい。隣の『春告堂』から、なんとも奥深い鳴き声が聞こえてくる。

ホー、ホッキョ！

惜《お》しい！　と、声をかけたくなるのはヒスイである。

朝飼を終えた只次郎が、隣家で練り餌《ね　え》を拵《こしら》えているのだ。早く寄越《よこ》せと、催促《さいそく》しているのだろう。

例年ならば『春告堂』はつけ子の鶯《うぐいす》で手狭になっている季節だが、ハリオの歳《とし》を考えて、今年は一羽も預かっていない。そのぶん只次郎の実入りもなくなるわけだが、当人は「まぁしょうがない」と鷹揚《おうよう》に構えている。

俵屋《たわらや》のヒビキが死んでしまった今、ハリオになにかあれば、先代ルリオの美声を引き継ぐ鶯は絶《た》えてしまう。それはなんとも、もったいない。

だが頼みの若鶯、ヒスイはあの調子。ハリオから一対一で歌を教わっているはずなのに、いまひとつ喉《のど》が仕上がらない。もしかすると、生来の音痴《おんち》なのかもしれない。

ホー、ホッキョ！

ああ、まただ。ヒスイの声を聞くと、気が抜ける。

「面白うござりますなぁ」

見世棚《みせだな》に身を乗り出して、そう言ったのはお栄だ。きらきらした眼差《まなざ》しをお花の手元に向けているから、ヒスイの鳴き声について言及したわけではないのだろう。

「栄が七つの上巳《じょうし》の祝いに、叔父上《お じ う え》が手鞠寿司を買《こ》うてきてくれました。こんなふうに作られていたのですね」

晒《さら》し布にたねと酢飯を載せ、きゅっきゅっと絞ってゆく。そうすると、まん丸い寿司が出来上がる。

「本当に、手鞠のよう。美しゅうございます」

寿司が形作られてゆく様を、お栄は飽《あ》くことなく眺《なが》めている。面白いと感じたものには、すぐ夢中になる姫様である。

「お栄さんも、やってみますか？」

お妙もまた寿司を茶巾《ちゃきん》絞りにしながら、問いかける。雲間から太陽が覗《のぞ》いたように、お栄の顔が輝いた。

「よいのですか！」

「もちろんです。しっかり手を洗ってくださいね」

「はい！」

いい返事である。お栄は調理場に入ると入念に手を清め、お花の隣に並んだ。

「いかがいたしましょう！」

「こちらをどうぞ」

お妙が余っていた晒し布を差し出し、お花に向かって微笑みかけてきた。「教えてあげて」ということだろう。

お花は酢飯がたっぷりとある寿司桶《おけ》に目を遣《や》った。

「ええと、まずはたねを布の上に載せるの。酢飯は五本の指で取ると多すぎるから、四本の指でちょっとつまむように。たねは、海老が一番やりやすいかな」

さっと茹《ゆ》でて開いておいた海老は、よけいな汁が出ないし、柔らかいので飯の形に添いやすい。べつにこれといったコツはいらない。

「かしこまりました！」

よい返事だ。お栄は嬉々《きき》として、寿司を茶巾絞りにする。

出来上がったものを見て、お花は「なぜ？」と首を傾《かし》げてしまった。

人の話を聞いていたのだろうか。飯の塊《かたまり》は大きすぎるし、形も歪《いびつ》だ。力を入れすぎたらしく、海老の身も潰《つぶ》れている。

「そんなに、ぎゅうぎゅう絞らなくてよかったのに」

「はっ、そうなのですか。雑巾《ぞうきん》のように絞ってしまいました」

「食べ物だからね」

手鞠寿司は、酢飯が崩れぬ程度にふんわりと絞るのがよい。べつに難しいものではないのだ。その程度の力加減は、お栄ならあたりまえにできると思っていた。

「申し訳ございませぬ。栄は、料理がからっきしなのです」

頭も口もよく回り、美しい文字が書け、噂《うわさ》によると芸事にも秀《ひい》でているという。そんなお栄に、苦手なことはないと勝手に思い込んでいた。

まさかこんなにも、不器用な面があったとは。

なんだかお花は、少しだけ嬉《うれ》しくなった。

二

昼四《よ》つ（午前十時）の鐘を聞いてから、ずいぶん経《た》った。

おそらくあと小半刻《こはんとき》（三十分）もすれば、給仕のお勝《かつ》が通ってくるだろう。そうなると、昼餉の客もやってくる。

手鞠寿司のほかに居酒屋に出す料理も作らねばならず、お妙はすでにそちらにかかりきりだ。小鰭の酢締めと平目の昆布締め、甘鯛の柚庵焼きは、そのまま出せる。あとは汁物や天麩羅《てんぷら》、和《あ》え物などを用意する。

その傍《かたわ》らでお花は手鞠寿司を一人前ずつ、竹の皮に包んでいった。これならお栄にもできるようで、手を借りてどんどん包みを増やしてゆく。そろそろ注文を受けた客が、引き取りに来てもいい頃合《ころあ》いだ。

急がなきゃ。だけど、丁寧《ていねい》に。

己にそう言い聞かせながら包みに紐《ひも》をかけていたら、勝手口の戸が勢いよく開いた。

「できてるかい？」

裏店《うらだな》に住む、おえんとおかやの母子《おやこ》である。おかやの祝いに、手鞠寿司を三人前頼まれていた。

「はい、もちろん」と、吸い物の味を見ていたお妙が応じる。

手が塞《ふさ》がっているお花の代わりに、お栄が包みを三つ取り上げた。

「どうぞ。美味《おい》しゅうございますよ」

しかし包みを差し出されたおかやは、手を出そうともせず、じっとお栄を睨《にら》んでいる。まるで、親の仇《かたき》でも見るような眼差しである。

「おやおや、この子ったら。すまないねぇ」

見かねておえんが、大きな体を割り込ませた。それでもまだ、おかやはお栄を睨みつけている。

ああ、もう。おかやちゃんったら。

傍《そば》で見ているだけでも、はらはらする。お栄が只次郎の姪《めい》で、すなわち武家の娘だということは、もちろんあの二人も知っている。

娘の不躾《ぶしつけ》な態度を詫《わ》びてから、包みを受け取ったおえんがおかやを促《うなが》した。

「ほら、行くよ。まったく、なんて顔をしてんだい」

それでもおかやは動かない。ついにおえんが、娘の衿元《えりもと》を摑《つか》んだ。

「アンタのことなんか、認めないんだから!」

引きずられてゆきながら、おかやが捨て台詞《ぜりふ》を残す。羽二重《はぶたえ》餅《もち》のように白い頰《ほお》が、怒りで真っ赤に染まっていた。

「いい加減にしな!」

おえんの叱声《しっせい》を最後に、ぴしゃりと勝手口が閉じられる。戸の向こうから、おいおいと泣き声のようなものが聞こえてきた。

二人が去ったあとの『ぜんや』は、ただぐつぐつと、煮炊きの音がするのみだ。気まずいながらも、お花はお栄の様子を窺《うかが》った。

「すっかり、嫌われてしまいました」

面映《おもは》ゆげに、お栄が笑う。いつも元気なお姫様の、眉《まゆ》が八の字になっている。

お妙が玉杓子《たまじゃくし》を置き、代わりに詫びた。

「ごめんなさいね。あの子、昔っから千寿《せんじゅ》さんのことが大好きなの」

「存じております。でもこういうものは、思いの強さだけではどうにもなりませぬ」

お花は不思議な心地がした。
そう言うお栄こそ、思いの強さだけでここにいるのではなかったか。父親が勧《すす》める縁談から逃れたい一心で、普通なら会う機会すらなかったおかやをも、巻き込んでいるのだった。

嫌がるお栄を林《はやし》家に戻さずとも済むように、只次郎が各方面に根回しをしていることは知っていた。町人になりたいと願うお栄の姿が、かつての自分と重なったのだろうか。それとも奥勤《おくづと》めを辞めるきっかけに、加担してしまった罪滅ぼしか。どちらにせよ只次郎は、お栄を升川屋《ますかわや》の養女にする気に違いない。お花はそう思っていた。

前例ならある。只次郎も武家の身分を捨てるため、名目上は菱屋《ひしや》のご隠居《いんきょ》の養子ということになっている。お栄にも、きっと同じ手を使うはずだ。

幸いにも升川屋のお志乃《しの》は、お栄をいたく気に入っている。その要望によりお栄は何度も升川屋に呼ばれ、泊まりになることもしょっちゅうだ。母と娘になれるなら、どんなに喜ぶことだろう。

実際に只次郎は、升川屋に縁組を勧めたという。だが意外にも、お志乃がきっぱりと断った。

「うちの養女になってしもたら、お栄はんは千寿と夫婦《めおと》になれやしまへん」

そう言って、決して首を縦に振ろうとはしなかった。

同じ縁づくでも、お志乃はお栄を娘ではなく、息子の嫁《よめ》として迎えたいと考えていたのである。

お花もそれには驚いた。なにせ千寿は、まだ十になったばかり。お栄とは、六つも歳が離れている。

「なにもおかしいことおまへん。お妙はんかて、六つ違いの姉女房やありまへんか」

そうかもしれないが、大人と子供では大違いだ。なにせ千寿は、元服もまだ。夫婦になるには早くとも、あと五年はかかる。

「せやからひとまず只はんの養女になってもろうて、千寿の許嫁《いいなずけ》ということにしたらよろし。支度金《したくきん》は、たっぷり用意させてもらいます。兄上様にも、そのようにお伝えください」

身代《しんだい》の太い商家であっても、身分違いの武家の娘を嫁に迎えることはできない。だからまずはお栄を町人にしたうえで、夫婦約束を交《か》わせばいいという。

お栄の父、重正《しげまさ》を納得させるためなら、金子《きんす》も惜しまぬ覚悟である。

お志乃はさらに、巧妙だった。お栄のために、逃げ道まで用意した。

「もちろん五年のうちに、千寿がお栄はんの好む殿方に育たへんかったら、縁談は断ってくれてもよろしおす。無理強《じ》いはいたしまへん」

きっと、自信があるのだ。幼《おさな》いながらも千寿には、「升川屋の若様」としての品格がある。奉公人からの人望もあり、将来を見据《みす》えて努力もしている。見目も涼《すず》やかで、五年も経てば江戸中の女が大騒ぎするような美丈夫となるだろう。

そんな千寿がよもや袖《そで》にされるとは考えていないし、そうならぬよう、お栄を身内に取り込もうとするはずだ。逃げ道はあるが、決して使わせぬ心積もりなのである。

只次郎としてはあてが外れてしまったわけだが、悪い話ではない。林家と家格の釣《つ》り合う貧乏《びんぼう》旗本に嫁ぐよりは、升川屋のご新造《しんぞう》に収まったほうが、悠々と暮らせるだろう。

重正だって、娘が可愛《かわい》いはず。そのあたりのことを説《と》いて聞かせれば、首を縦に振るかもしれない。

お栄もまた、「それで構いませせぬ」と頷《うなず》いた。

「栄は、顔も知らぬ殿方に嫁がされたくないのです。千寿さんなら、何度も会《お》うておりまする」

それにいざとなれば、縁談は断ってもいいと言われている。お栄にとっては、条件のよすぎる申し出であった。

そういったところを踏《ふ》まえ、只次郎が重正の説得にあたっている。二、三度林家に出向いたようだが、今のところ許可を得るには至っていない。

しかし、粘《ねば》り強さが只次郎の持ち味だ。重正は家名の傷とならぬうちにお栄を取り戻したいが、こちらはいくら時をかけても構わない。そういった姿勢の違いが、狙《ねら》い目だと踏んでいる。

一方でおかやには、そういった一連の動きが面白くない。お栄を嫁に迎えたいという意思をお志乃は隠そうとしなかったから、旦那《だんな》衆の間でも話題になった。その場にたまたまおえんとおかやの母子がいたために、知るところとなってしまったのだ。

おかやは千寿のことを、ずっと前から慕《した》っていた。お花にはまだよく分からない、夫婦になりたい「好き」だという。

それなのに、千寿のことを特別好きでもない、親の勧める縁談から逃げてきただけのお栄が、許嫁に収まろうとしている。たとえ相手が武家の娘でも、「許せない！」と頭に血が昇ってしまった。

「なによ、お栄さんなんてもう十六で、おばさんじゃない。千寿さんとアタシのほうが、よっぽど歳が釣り合ってるわ！」

おかやは千寿の一つ下。年齢だけ見れば、たしかにちょうどいい。だがお栄と同い年のお花に向かってそんな悪態《あくたい》をつく思慮《しりょ》のなさは、お志乃の好みではないと思う。

「ねぇ、お花ちゃんはアタシの味方よね。まさかお栄さんを、応援したりしないよね」

そう詰め寄られても、お花はなんと答えていいのか分からなかった。好いた好かれたの関係は、お花にとってはまだ遠い。できればどちらの側にもつきたくはない。

でも一つだけ、お栄に聞いてみたいことがある。

「はじめから町人として生まれとうござりました」と、お栄は言った。おそらく武家の娘よりは、心のままに生きてゆけると考えたからだろう。

しかし升川屋のご新造という立場は、それほど気楽ではないはずだ。

親の持ち込む縁談を嫌がって、逃げてきた先でもまた縁談を勧められている。一時しのぎのつもりかもしれないが、それを受けることに抵抗はないのだろうか。

だからこれだけ、聞いてみたい。

けっきょくお栄さんは、町人になってなにがしたいの？

三

「ああこれは、朝からご苦労だったねぇ」

しばらくして、給仕のお勝がやって来た。見世棚に並ぶ竹皮の包みを見て、お花たちの労をねぎらう。

まだ店を開けてもいないのに、すでにひと仕事終えた気分であった。

「さて、お花ちゃんもお栄さんもありがとう。お陰《かげ》でなんとか間に合ったわ」

お妙が調理場から出てきて、看板《かんばん》を手に店先に向かう。

なんの、まだこれからだ。お花は襷を締め直す。今日は座って休む暇《ひま》もない。

「では栄は、裏の貸本屋に行ってまいります」

升川屋との約束がないとき、お栄はたいてい大家の家で本を借りて読んでいる。近ごろは人嫌いの大家の代わりに、客あしらいまでしているそうだ。おかみさんが、

「看板娘ができた」と言って喜んでいた。

どこに行っても、お栄は重宝される性質《たち》なのだ。『ぜんや』の給仕を任せても、きっとそつなくこなしてしまう。そういうところが、やっぱり羨《うらや》ましいと思う。

「行ってらっしゃい。お腹《なか》が空《す》いたら、手鞠寿司がありますからね」

「えっ?」と、思わずお妙に聞き返す。

手鞠寿司は、すべて竹皮に包んでしまった。余っているぶんなどないはずだ。

「女の子のお祭りだもの。注文の数より、多く作ってあるのよ」

つまりお花と、お栄のぶん。思わず声を弾《はず》ませた。

「ありがとう、おっ母さん!」

「嬉しゅうございます」

お栄もにこやかに礼を言い、勝手口へと向かった。

からりと、引き戸の開く音がする。勝手口ではなく、表の戸だ。

昼餉の客が来たかと、振り返る。だがそこに立っていたのは、団子《だんご》のごとき鼻をした、林家の下男であった。

「おや、亀吉《かめきち》さん」

もはやすっかり顔見知り。お勝が気軽に出迎える。きっとまた、重正からの手紙でも携《たずさ》えてきたのだろう。

実家からの使いなのに、お栄は知らぬふりを決め込んで、勝手口の戸に手をかける。

その背中に、鋭《するど》い叱責《しっせき》の声が飛んだ。

「どこへ行く気です、栄！」

はっとして、お花は目を見開いた。

亀吉の後ろに、肌の浅黒い瘦《や》せた女が立っている。さらにもう一人、柔和《にゅうわ》な顔立ちをした年輩の女。どちらも武家風の、上品な丸髷《まるまげ》を結《ゆ》っている。

「おやまぁ、これは」

お勝でさえ、気圧《けお》されて一歩下がる。背筋のぴんと伸びた佇《たたず》まいは、そこらへんのおかみさんたちとはまるで違った。

引き留められたお栄も、驚いてその場で固まっている。声を発することができぬようで、陸《おか》に上がった魚のように口を開け閉めするばかり。

代わりにお妙が、前に出た。膝先《ひざさき》に手を揃《そろ》え、深々と体を折る。

「ご無沙汰《ぶさた》しております。まさか、こんなところにまでお運びいただけるとは」

二人の女の正体は、お花にもおおよそ見当がついた。以前から、お妙とは面識があったのだろうか。

なんにせよ、この訪問は予期せぬものであったらしい。お妙の声は微《かす》かに震え、動揺を隠しきれていなかった。

昼餉の客が来ると騒がしくなるため、武家風の髷を結った女たちは、『ぜんや』の内所ではなく『春告堂』の二階へと案内された。

お栄もまた、不服そうな顔で座っている。すぐにでも逃げだしたいと、頬に大きく書いてある。いつも快活なお姫様が、まるで借りてきた猫のようであった。

三人分の手鞠寿司を皿に盛り、それぞれの膝先に置く。お花とお栄、そしておそらく、只次郎のために余分に作っておいたものだろう。

帰ってきたら残念がるかもしれないが、自分の身内のことなのだから、こればっかりは我慢《がまん》してもらうしかない。

ホー、ホケキョ！

張り詰めた気配をものともせず、ハリオが美声を響かせる。年輩の女のほうが、目元をうっとりと和《なご》ませた。

「こうして間近に鶯の声を聞くのも、久方ぶりですね」

よく見ると、只次郎を彷彿《ほうふつ》とさせる顔つきである。笑うと特に、目元がそっくりだ。つまり、只次郎の御母堂様《ごぼどうさま》である。重正とは似ていない兄弟だと思ったが、ここにはたしかに、親子の縁が感じられた。

ホー、ホッキョ！

負けじとばかりにヒスイが鳴き、御母堂様が「ふふっ」と笑う。

だが肌の浅黒い女のほうは、にこりともしない。生真面目《きまじめ》な顔をして、向かいに座るお栄をまっすぐに見つめている。

この二人はあまり似ていないが、言動からするとお栄の母、お葉《よう》なのだろう。

「すみません。只次郎さんは、仕事に出ておりまして。戻りはおそらく、夕刻になるかと」

運んできた料理を並べながら、お妙が詫びる。頰にはまだ、強張《こわば》りが残っている。

「そう、あの子は相変わらずなのですね。こちらこそ、先触れもなく申し訳のないこと。あらあら、これは」

御母堂様は、微笑みを絶やさない。膝先に目を留めて、軽く身を乗り出した。

空豆《そらまめ》と木の芽の味噌和《みそあ》え、楤《たら》の芽と跼《こごみ》の天麩羅、蛤と芹《せり》の吸い物——。数々の料理の中で御母堂様の目を引いたのは、糠漬《ぬかづ》けを盛った皿だった。

「糠床《ぬかどこ》は、無事に生まれ変わったようですね」

「はい、お陰様で」

なんのことだか、お花には分からない。この二人の間に面識があっただけでも驚きなのに、糠床について相談するほどの仲だというのか。

「蕪《かぶ》は分かりますが、こちらは筍《たけのこ》ですか？」

「はい、下茹でした筍を漬けてみました」

「あらあら、面白いこと」

でも傍《はた》から見ているかぎり、仲がよさそうには見えない。御母堂様は無理に明るく振舞っているようだし、お妙の笑みはぎこちない。

これまでの経緯《いきさつ》を思えば、無理からぬことだろう。只次郎が町人になると決めたのは、お妙と夫婦になりたいがためだ。

お互いに、わだかまりがあるはずだ。今はそこに、目を向けぬようにしている。

「それからこちらも、よろしければ」

そう言って、お妙が取っ手のついた銚子《ちょうし》と盃《さかずき》を差し出した。

店ではちろりで酒を出す。それを思えば、あらたまった設《しつら》えである。

「でも私たち、お酒はそれほど――」

「豊島屋《としまや》の、白酒《しろざけ》でございます」

「あらまぁ」

そういえば、只次郎が買ってきていた。豊島屋は、神田《かんだ》鎌倉河岸《かまくらがし》に店を構える下り酒屋だ。そこでは桃の節句に合わせ、毎年白酒を売り出すのである。

甘い口当たりで、女子の好む酒らしい。御母堂様も噂には聞いていたのか、興味を引かれた様子である。

「お注《つ》ぎしましょうか」

「いいえ、お妙さんには店がありましょう。こちらのことは、もうお構いなく」

「かしこまりました。なにかご用があれば、お呼びください」

「ええ、ありがとう」

「失礼いたします。ごゆっくりどうぞ」

お妙が畳《たたみ》に手をつき、礼をしてから立ち上がる。それに倣《なら》い、お花も腰を浮かしかけた。

だが、立てなかった。袖がつんと突っ張って、なにごとかと目を転じれば、お栄が袂《たもと》を摑んでいる。

「えっ、あの」

「残ってくだされ」

祖母と母を前にして、家出娘に身の置き所がないのは分かる。分かるけど、できれば巻き込まないでほしい。

「それじゃあ、頼んだわね」

「ええっ！」

お栄の縋《すが》るような眼差しを振り払えずにいたら、お妙に後を託《たく》された。どうしたものかと戸惑《とまど》っているうちに、気づけば取り残されている。

武家の女三人に囲まれて、いったいなにをすればいいのか。目を白黒させていたら、御母堂様に微笑みかけられた。

「ちょうどいい。あなたとも、話してみたいと思うておりました。只次郎の、養《やしな》い子なのでしょう？」

「ひ、ひゃい」

「名前は？」

「はなと、いいます」

情けないことに、声が裏返る。握った手のひらは、じっとりと汗に濡《ぬ》れていた。

御母堂様は口元に笑みを刻《きざ》んだまま、深く頷く。

「せっかく用意していただきましたから、いただきましょう。冷めてはもったいないですからね」

しかし用意された料理は三人分だ。お花ははじめから、数に入っていない。

「下に皿と箸《はし》がありますから、取ってまいります。お花さんも、一緒に食べましょう」

そんな気遣いは、無用なのに。お栄が勢いよく立ち上がり、階下に向かう。しばらくすると、皿と箸を手に戻ってきた。

とてもじゃないが、食べ物が喉を通りそうにない。御母堂様の言う、話してみたいこととはなんだろう。

緊張のあまり、手が震える。お花は身を固くして、前掛けをぎゅっと握りしめた。

四

三人分の料理から少しずつ取り分けてもらい、体裁の整った皿が膝先に置かれた。

「さぁ、どうぞ」と、お栄が箸を差し出してくる。しかたなく、それを手に取った。

武家の女たちは、ものを食べる所作《しょさ》も美しい。音など少しも立てないし、箸の上げ下げも見惚《みと》れるほどだ。

そういえばお花は昔、握り箸で飯を食べていた。お妙に正しい持ちかたを教わり、直したはずだが、これで合っているのだろうかと不安になる。背筋をぴんとしすぎているせいで、だんだん肩も凝《こ》ってきた。

「手鞠寿司は、やっぱり愛らしゅうございますね。これを見ると、懐《なつ》かしい気持ちになります」

喋《しゃべ》っているのは、御母堂様のみである。お葉はもとから無口なのか、たまに相槌《あいづち》を打つくらい。お栄に至っては人が変わったかのように、じっと黙り込んでいた。

「はぁ、美味しい。そういえば以前『ぜんや』を訪ねたときは、お妙さんに蛤鍋を拵えていただきましたよ」

蛤の吸い物をひと口啜《すす》り、御母堂様がほうっと息をつく。湯気に蒸《む》され、白い肌にほんのりと赤みが差している。

御母堂様が、『ぜんや』に？

気を引かれたが、こちらから話しかけるのは失礼かもしれない。お花は開きかけた口に、平目の寿司を押し込んだ。

ちょうど、ひと口で食べられる大きさである。昆布締めの加減も申し分なく、飯のほぐれ具合もいい。

うん、うまくできてる。

飲み込んだあと鼻に戻ってくる磯《いそ》の香りまで楽しんで、お花は胸の内だけで呟《つぶや》いた。

「ときに、お花さん」

「は、ひゃい！」

しまった、油断した。御母堂様に声をかけられて、危うく飛び上がりそうになった。

そういえば、まだ白酒を注いでいない。なんのための給仕であろう。

慌てて箸を置き、銚子を手に取ろうとする。その前に、押し留められた。

「いいのです。こちらでやります」

「でも――」

「いいのです」

居酒屋の手伝いを、重正は「お酌《しゃく》のような真似《まね》」と言っていた。もしかすると武家では、若い娘が酌をするのはご法度なのかもしれない。

それでは困ると、手を引っ込める。お葉が気を利《き》かせ、御母堂様の盃に酒を注いだ。

白く濁《にご》った酒が、とぷりと揺れた。

「ときにお花さん、只次郎はちゃんと父親をやれておりますか」

御母堂様が、話の先を続ける。

世間の父親がどんなものか知らないが、只次郎に不満はない。お花は「はい」と頷いた。

「たとえば、どんなふうに？」

「ええっと――」

難しいことを聞くお人だ。しばらく黙って、考える。

「いろんなことを、教えてくれます。言葉とか字とか、あと、友達ってどういうものか。落とし噺《ばなし》を聴かせてくれたりもします」

それにお花が勾引《かどわ》かされたときは、率先《そっせん》して助けにきてくれた。でもそのことは、胸の内に留めておく。言えばきっと御母堂様を、びっくりさせてしまう。

「そうですか。お花さんから見て只次郎は、いい父ですか」

「それはよく、分からないけど――」

いい父って、なんだろう。考えたところで、答えは出ない。

「お父《とっ》つぁんといると、安心します」

分からぬなりに、偽《いつわ》らざる気持ちを述《の》べた。

はじめて会ったときからずっと、只次郎は優しいにおいをまとっている。血の繋《つな》がらぬお花を、大切にしてくれる。その気持ちに甘えていいのだと、近ごろやっと思えるようになった。

「それはようございました」

口ではそう言いながら、御母堂様は心持ち瞼《まぶた》を伏せる。その面《おも》持ちが、やけに寂《さび》しげに見えた。

なにか、まずいことを言っちゃったかな。

ひやりとして、お栄の顔を窺ってみる。お栄は表情を変えぬまま、ゆっくりと首を横に振った。

失言をしたのかどうか、それだけでは判然としない。胸の鼓動はもはや、太鼓《たいこ》を打っているかのようだ。

「それにしても、美味しいこと」

御母堂様の、箸が動く。先ほど気にかけていた筍の糠漬けをつまみ上げ、ひと口齧《かじ》った。

「筍の甘味のあとに、糠の風味がしっかりと感じられて、乙なものですね。甘い白酒とも、不思議に合います」

話したいことは、もう終わりなのだろうか。御母堂様は、料理に次々と箸をつけてゆく。

なかなかいい食べっぷりである。たしかにこのお人は、只次郎の母なのだ。

「困ったこと。これでは栄までが、ここの子になりたがるわけですね」

矛先《ほこさき》が、するりと逸《そ》れていったのが分かった。沈黙を保っていたお栄が、びくりと肩を震わせる。

「つまりお花さんとは、姉妹《しまい》になるのですね。お妙さんには息子だけでなく、孫まで取られてしまうなんて」

お花は目を見開いた。そうだ、お栄が只次郎の養い子になれば、お妙はおっ母さんだ。

ひねくれたものの見かたをすれば、お妙こそが林家の平穏を乱す極悪人。御母堂様はまさか、お妙のことを恨《うら》んでいるのか。

「おっ母さんは、そんなんじゃない！」

恐れも忘れ、気がつけば膝立ちになって叫んでいた。気が高ぶって、目の縁《ふち》に涙が盛り上がる。

泣いている場合じゃない。お妙はなにも悪くないと、御母堂様に知ってもらわなければ。でも言葉が喉元でもつれ合って、うまく出てきてくれない。

「そのとおりです。栄はなにも、お妙さんにそそのかされてはおりません。ましてや、食べ物に釣られたわけでもございませぬ」

こんなときでも、お栄はさすがだ。物怖《ものお》じせずに、きっぱりと言い返した。

そうだそうだと、お花は頷くことで同意を示す。この程度のことしかできないのが、我ながら情けなかった。

「ならば一つ、お聞かせなさい」

女にしては低い声が、凛《りん》と響く。これまで会話に加わっていなかったお葉が、箸を置いていた。

「栄、あなたはどういう了見で、叔父上の養い子になりたいと申しているのですか」

両手を膝の上に重ね、姿勢を正す。揺らがぬ瞳《ひとみ》は、ごまかしを見逃してはくれないだろう。

お葉の気迫に圧倒されて、お花はまるで塩を振った青物のように、しおしおと座り直した。

母親からの追及に、お栄でさえしばし口ごもった。

お葉はその間、焦《じ》れた素振りも見せずにただ待っていた。お栄が答えるまで、いくらでも待つつもりだ。

御母堂様とは、またひと味違う。その実直さが、かえって恐ろしかった。

「栄はただ、町人になりたいのです。他に方法があるのなら、叔父上の養い子でなくても構わぬのです」

お栄が必死に言葉を紡《つむ》ぐ。こめかみに、汗が浮いているのが見えた。対するお葉は、毅然《きぜん》としたもの。鋼《はがね》でできているのかと疑うくらい、体の芯《しん》がぶれなかった。

「あなたは、大奥で出世する心積もりでおりましたね。その夢が破れたからといって、なぜ町人なのですか」

「栄も叔父上のように、己の才覚を試してみたいと思うたからです」

「つまり武家の奥方など器に合わぬ、つまらぬ、と申しているのですね」

「そんなことは――」

「いいえ、そうなのです。あなたはこの母やお婆々《ばば》様の生きかたを、否《いな》んでいるのです」

親の定めた相手に嫁ぎ、子をなす。そうして姻戚《いんせき》関係を広げてゆくことが、武家に生まれた女の務《つと》めだとお葉は言う。

己の才を頼むお栄はたしかに、そんな「誰にでもできる」役目を嫌っているのだろう。祖母と母を否んでいると指摘されると、なにも言い返せずに口を閉ざした。

「叔父上にはたしかに、一人で立つ才がありました。だからこそ父上も、家名を捨てることを許したのです。では、あなたはどうなのですか。なんでも下り酒問屋の子息の、許嫁になるつもりのようですが。大店《おおだな》のご新造は、商《あきな》いにかかわることなどできませんよ」

「そのくらいは、知っております」

「では、奥向きの差配に精を出すのですね。それは武家の奥方に収まるのと、どう違うのです」

お葉は娘に対し、容赦《ようしゃ》がなかった。どっしりと構え、道理に合わぬ点を言い連《つら》ねてゆく。

もはやお栄は、答えられない。敏《さと》い子だ。自分でも、言動に矛盾《むじゅん》が出ていることに気づいている。升川屋のご新造の役割は、武家の奥方として求められるものとさほど変わらぬはずだった。

「それでも武家が嫌と申すのでしたら、いいでしょう。母はもう止めません。その代わり、あなたとの縁はきっぱりと切らせてもらいます」

ひゅっ、と、お栄が息を吸う音が聞こえた。顔色が、みるみる青くなってゆく。

「そんな、母上――」

「母と呼ぶことも、許しません。あたりまえでしょう。あなたはこの母を、否んで出てゆくのですから」

淡々と言葉を連ねていたお葉の声にも、揺らぎが生じた。目を真っ赤にして、お栄を見ている。盛り上がった涙を零《こぼ》さぬよう、口元に力を入れているのが分かった。

お花には、なす術《すべ》もない。お葉とお栄を見比べて、ただ困惑するばかり。これ以上喋ると涙が零れ落ちてしまうのか、お葉はもうなにも言わなかった。

「どうですか、栄。母上の覚悟が分かりましたか」

気まずい沈黙を、引き取ったのは御母堂様だ。柔らかいのに、威厳を損《そこ》なわぬ呼びかけであった。

「家名を捨てると言うのなら、あなたにも同様の覚悟をしてもらわねばなりません。もう一度よく考えて、答えを出しなさい」

今ここで、進退を迫るような真似はしない。あくまでも自分の頭で考えるようにと、お栄を諭《さと》した。

「女に才などいらぬ」と頭ごなしに決めつける重正とは、考えが違うようだ。武家に生まれて武家に嫁ぎ、家を守ってきた女たち。どんなに才があったとしても、求められるのはただ世継《よつ》ぎを産むこと。その立場に、お栄を無理に押し込めるつもりはない。

その代わり、けじめはきちんとつけさせる。林家を捨てるなら、お栄は同時に母と祖母をも失うことになる。

お葉の厳しさは、武家の女が持ちうるものか。それとも覚悟を固めた母親の、強さなのだろうか。

お栄は苦しげに眉を寄せていた。頭ごなしの叱責には反発もできるが、これでは反論のしようもない。ゆっくりと畳に手をつき、面を伏せた。

「かしこまりました。今しばらくの猶予《ゆうよ》をくださり、ありがとうございます」

五

えっほえっほと、二挺《にちょう》の駕籠《かご》が遠ざかってゆく。只次郎のつけで酒を飲んでいたらしい亀吉が、慌ててその後につき従う。

お花はお妙の横に並び、駕籠が見えなくなるまで頭を下げ続けていた。

顔を上げると張り詰めていた糸が切れ、腰が抜けそうになった。お妙が慌てて支えてくれる。

「気詰まりだったでしょう。ごめんなさいね」

「うん、怖かった。でも、大丈夫」

同席していただけのお花にも、学ぶことの多い話し合いだった。ああいう母と子の、形もある。御母堂様もお葉も厳しかったが、同じくらい優しくて、潔《いさぎよ》い。あの人たちに育てられて、今のお栄があるのだ。

「お武家様って、なんだかすごいね」

漠然《ばくぜん》と感じたことを言葉にしようと試みたら、間抜けな感想になってしまった。どこまで汲み取ってくれたのか、お妙が「そうね」と目を細める。

「だけどお栄さん、見送りに出てこなかったわね」

お妙につられ、お花も『春告堂』の二階を見上げた。窓の障子《しょうじ》が細く開いているのは、もとからだったか。ハリオの涼やかな鳴き声が、往来をゆく人々の耳を楽しませている。

「ちょっと、様子を見てきてもいい？」

「ええ、もちろん。お勝ねえさんもいるし、店のほうは気にしないで」

あまり認めたくないことだが、お花がいなくても『ぜんや』は回る。でもお栄のことは、放《ほう》っておけない。

よけいなお世話かもしれないが、だったらひと言謝って戻ってくればいい。そう割りきって、お花は『春告堂』の上り口で下駄《げた》を脱《ぬ》いだ。

お栄は膝を崩し、窓辺に寄りかかるようにして座っていた。

その眼差しは、部屋の彩《いろど》りとして置いた菫《すみれ》の鉢に注がれている。

お花が種を増やし、大事に育てた菫である。三年目ともなればずいぶん増えて、店の前にも裏にも素焼きの鉢《はち》が並んでいる。

「こんなに育てるのがうまいなら、『菫指南』ができるね」と、只次郎に親馬鹿な冗《じょう》談《だん》を言われたくらいだった。

お栄がこちらを振り返り、小さな菫の花のように、控《ひか》えめな笑みを見せる。胸がぎゅっと締めつけられて、お花は言わずもがなのことを口にした。

「二人とも、帰っちゃったよ」

「はい、この隙間《すきま》から見ておりました」

窓の障子は、やはりお栄が開けたのだ。

林家の拝領屋敷は、仲御徒町《なかおかちまち》。神田花房町代地《はなぶさちょうだいち》からは歩いてすぐだが、お栄はまるで遠くを見るような眼差しを表に向けた。

「母上は、倹約を旨《むね》としているのです。それなのに、駕籠を仕立てて来てくださいました。これが今生《こんじょう》の別れになるやもしれぬというご覚悟なのです」

武家の女はすぐそこまで出かけるのにも、体裁を整えるため駕籠を使う。身軽なお花からすれば、不便なものだなと思う。

「天神様《てんじんさま》のお参りのついでに寄ったって、言ってたよ」

「どちらがついでなのやら」

お栄は薄く笑うと障子を閉め、先刻の場所に座り直す。料理はまだ、片づいていない。気を張っていたせいで、食べるどころではなかったのだ。

「久方振りの手鞠寿司を、楽しみにしておりましたのに。もっと寛《くつろ》いで食べとうございました」

「――私も」

お葉の皿にも、まだ寿司が残っている。だが御母堂様の皿は、すっかり空になっていた。

その皿の上で、互いの視線がぶつかり合う。どちらからともなく、笑いだしていた。

「うちのお父つぁんは本当に、おっ母さん似なんだね」

「家ではそうでもないのですが。滅多《めった》に食べられぬご馳走ですから、箸が進んでしまったのでしょう」

だとしても、あの緊迫した場面でよく食い気が出せたもの。御母堂様の、肝《きも》の太さに感じ入る。

頰に笑みを刻んだまま、お栄が銚子を手に取った。白酒は、御母堂様が一杯飲んだだけ。中身はまだたっぷりと残っている。

「飲んでしまいませんか？」

「だけどそれ、お酒だよ」

同じく酒と名のつくものであっても、甘酒は米麹《こめこうじ》から作られており、酒気を含まない。しかし白酒は、蒸した糯米《もちごめ》と麴《こうじ》に味醂《みりん》を加えて作るそうだ。口当たりは甘くとも、こちらはれっきとした酒である。

「構わないでしょう。お花さんも栄も、もう十六です」

酒といえば、正月のお屠蘇《とそ》くらいしか飲んだことがない。あれもまた、味醂である。似たようなものか。縁談が持ち込まれる歳ならば、酒を飲んではいけないということもなかろう。

そう思い直し、お花もお栄の傍《かたわ》らに座り直した。

「あ、美味しい」

盃にちょっと口をつけ、ふわりと笑う。とろりとした白酒が、舌の上に馴染んでゆく。

お屠蘇でも後味にほんのりと苦みが残るのに、この酒にはそれがない。甘く優しく、でもお腹に落ちると少し熱い。二口三口と飲み進めると、体が内側から温まってきた。

「飲みやすうございますな。この酒は、今の時期にしか飲めないのでしょう？」

「そうなの。桃の節句に合わせて売り出すから、これを飲んじゃったらまた来年」

「一年を通して売っていただきたいものですね」

口当たりがいいせいで、ふと気づけば盃が空になっている。互いに注ぎ合って、飲み進める。

「天麩羅が冷めてしまったのは残念ですが、それでも美味しゅうございますな」

「お妙さんの天麩羅は冷めてもサクサクなの。饂飩粉《うどんこ》に、片栗粉《かたくりこ》を少し混ぜてあるの」

変な感じだ。いつもはお栄と二人きりになると、なにを喋っていいのか分からないのに、今日はやけに口が回る。お腹も急に減ってきて、残っていた料理をお菜の分まで片づけてゆく。

「筍の糠漬けは、風変わりですがたしかに白酒と合《お》うております」

「そういえば糠床が生まれ変わったとか言っていたけど、あれはなに？」

「そんなもの、栄が知るわけございませぬ」

ふふ。うふふふ。笑い声も、常より高い。なんだか楽しくなってきた。

「私ね、お栄さんと姉妹になるかもって、言われるまで気づかなかった。変なの」

「たしかに栄も、頭が回っておりませなんだ」

「歳が同じだから、どっちがお姉さんか分からないね」

「名前からすると、お花さんは春生まれではないですか。栄は夏です」

「どうなんだろう。知らない」

春に生まれた子だから、花と名づける。実母のお槇《まき》にそのような、情緒《じょうちょ》が備わっていただろうか。もはやたしかめることはできないし、今さら知らなくてもいい気がした。

「楽しいでしょうね、きっと。栄は弟しかおりませぬから、揃いの簪《かんざし》など挿《さ》してみとうございます」

「うん、お父つぁんにねだって買ってもらおう」

「お花さんは、おねだりがうまくなさそうです。それは栄がやりましょう」

「頼もしいね」

だんだん顔まで熱くなってきた。お酒ってすごい。気持ちがほぐれて、話が弾む。日頃言えずにいることも、ぽろりと零れ落ちてしまいそうだ。

「でも、すみません。栄は、お花さんの妹になれそうにありませぬ」

「うん、そっか」

お栄の決意だって、するりと胸に馴染んでゆく。そんな気はしていた。お栄には、お葉ほどの覚悟はなかったのだ。

「母上を、泣かせてしまいました」

二つの盃が、空になっていた。お花は相槌を打ちながら、なみなみと白酒を注いだ。

「栄は母上のこともお婆々様も、敬《うやも》うておりまする。あんなふうに生きたくないと、思ったことはないのですが」

「家を飛び出してきちゃったら、そう言ってるようなものだもんね」

「はい、栄の思慮が足りませなんだ。自分のことだけで、頭がいっぱいになっておりました」

ハリオが自慢の喉を披露する。痺《しび》れるようないい声だ。大人たちが鶯の声を肴《さかな》に、酒を飲んでいたわけが分かった。

「お栄さんは、町人になってなにがしたかったの？」

気づけばそう、尋《たず》ねていた。胸の内に、畳んでおいた問いかけだった。

お栄は白酒を舐《な》めてから、首を傾げた。

「そうですねぇ。はじめはただ、顔も知らぬ相手に嫁ぎたくないという一心にございました。栄には他に、できることがあるはずだと。それがなにか、分かってはいなかったのです」

「今は分かるの？」

「はい。栄は、師匠《ししょう》になってみとうございました」

「なんの？」

「手習いにお茶、お花、行儀《ぎょうぎ》作法に音曲など、武家奉公に必要と思われることすべての師です」

裕福な商家では、娘を大名家や旗本家、あるいは大奥へ、奉公に出したがる。なぜならば「箔《はく》」のため。武家奉公を終えた娘たちには、よい嫁ぎ先が見つかるという。

「升川屋のお志乃さんと話していて、気づいたのです。栄が身につけてきたことは、お金になるのだと。大奥帰りという看板は、思いのほか大きゅうございます」

ただの大奥帰りではない。大奥帰りの、武家の女である。娘を習い事漬けにしている親たちは、大喜びで群《むら》がってくるだろう。

「お志乃さんにもお話ししたら、それはいいですねと微笑んでくれました。味方になってくださると思うたのです。でもあの方は、栄を嫁にと望まれました」

お栄には充分、一人で立つ才がありそうだ。それでも世間は、若く健《すこ》やかな娘に良縁を望む。子を産み育てろと、役割を押しつけてくる。立場のある者ほど、そこから逃れるのは難しい。

「千寿さんは好男子に育ちそうですし、お志乃さんとも話が合います。それも悪くはないかと、己に言い聞かせていたのですが。母上のおっしゃるとおり、武家の奥方となにが違うのかという話ですね」

盃を重ねつつ、お栄は自嘲《じちよう》ぎみに笑った。己の思うままに生きることを、すでに諦《あきら》めた顔だった。

「お栄さんは、いいの？　顔も知らない人のもとに嫁ぐの？」

「よくはありませんが、決めました。栄は、母上の娘にござりますれば」

母も祖母も、その前の世代の女たちも、家同士の繋がりのために嫁ぎ、子をなしてきた。連綿と続く宿命は、いったいどこで絶《た》えるのか。少なくとも、お栄の代ではなかったようだ。

「もちろん父上には、よりよい嫁ぎ先を見つけていただきとうござりますが」

「うん、それは大事」

大きく頷くと、頭の中がくらりと揺れた。まっすぐ座っていられなくて、お花は片手をついて横座りになる。着物の裾《すそ》から覗く脛《すね》までが、ほんのり桜色に染まっている。顔にはあまり出ていないが、お栄も酔っているのだろう。唐突に両腕を上げ、「うーん」と伸びをした。

「同じ嫁ぐでも、お梅《うめ》さんのように好き合うた人と一緒になるのは、どのような心持ちなのでしょうね」

俵屋の若旦那《わかだんな》がついに腹を決め、今は祝言《しゅうげん》の日取りの相談をしている。忙しそうで、お梅とはまだ話せていない。お花は「さぁ」と首を傾げる。

「私にはまだ、夫婦になりたい『好き』がよく分からないから」

「そうなのですか。熊吉《くまきち》は？」

「えっ、なんで熊ちゃん？」

お栄がずずいと顔を寄せてくる。お花はそのぶん身を引いた。

「だって、仲がいいではありませんか」

「違うよ、兄と妹のようなもの。それに熊ちゃんは――」

鼻先に、ふわりと白粉《おしろい》のにおいがよみがえる。熊吉の着物から、立ち昇《のぼ》った香りである。

お花は我知らず、顔をしかめていた。

「たぶん、好きな女の人がいるんだと思う」

それが、どこの誰かは知らない。でも熊吉だって、年頃なのだ。俵屋の手代《てだい》という立場上大っぴらにはできないが、密《ひそ》かに思い合う女がいてもおかしくはない。

「なんと、熊吉のくせに」

「そうなの、熊ちゃんのくせに」

唇《くちびる》を尖《とが》らせて、お花は盃を手に取った。苛々《いらいら》するのは、熊吉がどんどん先へと進んでしまうからだ。取り残されるほうは、飲まないとやっていられない。

「栄も嫁ぎ先のお相手を、少しでも好きになれるといいのですが」

「気に入らなかったら、どうするの？」

「そうですねぇ。毎晩閨《ねや》で、寝小便をするというのはどうでしょう。嫌気が差して、離縁していただけそうです」

「ええっ、そんな無茶な」

「冗談ですよ」

お栄なら、冗談のようなこともやりかねない。よりにもよって、寝小便。されたほうは迷惑だろうが、するほうだって恥ずかしい。

「もう、なんでそんなの思いつくの」

腹の底から、笑いが込み上げてくる。お栄もまた、天を仰《あお》いで笑いだした。

あははは、うふふふ。若い娘の、華《はな》やかな笑い声が混じり合う。

ああ、楽しい。お栄は本当に、愉快《ゆかい》な子だ。もっと早くから、腹を割って話してみればよかった。

やっと、仲良くなれた気がするのに。

もうしばらくで、お別れだ。林家に戻ってしまったら、もう二度と会う機会はないのだろう。

墨汁《ぼくじゅう》を一滴落としたように、胸にじわりと寂しさが滲《にじ》んでゆく。髪を娘島田《むすめしまだ》に結って、声を上げて笑い合う。こんなときがずっと続けばいいのに、間もなく終わりがきてしまう。

ホー、ホケッキョ！

鶯の声まで、物悲しく聞こえてくるようだ。

――いや、待てよ。

「ねぇ、今の声ってヒスイ？」

びっくりして、お花は膝立ちになった。お栄も「えっ？」と、鶯の籠桶《こおけ》を振り返る。

「そうですね、ハリオではございませんでした」

「ちょっと、うまくなってなかった？」

もう一度鳴いてみてくれと、耳を澄《す》ます。願いが届いたのか、たしかにヒスイの籠から声がした。

ホー、ホケッキョ！

「ほら、今までとは響きが違う」

「本当です。惜しいところまでいっております」

「ヒスイ、あとちょっと！」

「踏ん張るのです。腹から声を出すのです！」

音痴なのかと心配したが、ヒスイもちゃんと成長している。このぶんだと、近いうちに喉が出来上がるかもしれない。

きゃあきゃあと声を出して騒いでいたら、部屋の襖《ふすま》がするりと開いた。

「おやおや、お嬢さんたち」

顔を出したのは、お勝である。階段を上ってくる足音に、ちっとも気づかなかった。

「心配になって様子を見にきてみたら、小さな虎《とら》が二匹もいるじゃあないか」

うふふふ、あははは。

お勝の言い様がおかしくて、また笑った。

やまもも

一

灰色の雲が、頭上にどんよりと垂れ込めている。

またこの季節が、きちまったか。

いつ泣き出してもおかしくはない空を見上げ、熊吉《くまきち》は我知らずため息をついていた。

卯月《うづき》二十六日。暦《こよみ》の上では、今日が入梅《にゅうばい》だ。この先ひと月ほど、棒手振《ぼてふ》りをはじめとする行商人たちが雨に悩まされる。

熊吉のような、外回りの奉公人にとっても同じこと。自分はずぶ濡《ぬ》れになっても構わないが、商品となる生薬《きぐすり》が湿気《しけ》らぬよう、細心の注意を払わねばならない。

しとしとと降り続く雨はもちろん鬱陶《うっとう》しいが、降るか降らぬか分からぬ空模様も悩ましい。雨に備え、笠《かさ》や合羽《かっぱ》を持ち歩くので荷物が増える。もちろん降られぬに越したことはないが、一日中無駄なものを携《たずさ》えていたのかと思えば、それもまた腹立たしい。

本日の空の機嫌《きげん》は、いかがなものか。得意先を出るたびに様子を窺《うかが》い、降っていなければほっとする。それを何度か繰り返し、昼過ぎまではどうにか降られずに済んだ。

出合い茶屋の多い池之端《いけのはた》を後にして、熊吉はやれやれと首を振る。

龍気補養丹《りゅうきほようたん》の売れ行きは、評判と共に伸び続けている。そこで池之端にある一軒の水茶屋が、新たな売弘処《うりひろめどころ》として手を挙げた。

男の腎《じん》を強くする、龍気補養丹。以前吉原《よしわら》で売ろうとしたら、楼主《ろうしゅ》たちが首を縦に振らなかった。なんでも遊女は腎張《じんば》りを嫌うそうで、それは岡場所《おかばしょ》の妓《おんな》たちとて同じである。

しかし出合い茶屋は、素人《しろうと》の男と女が忍び会う場だ。腎を強くする薬が忌避《きひ》されることは決してないと、水茶屋の主人は熱弁を振るった。

そんなわけで、若旦那《わかだんな》と話し合った末、売弘処を新たに設けた。その売り上げが、すこぶるいい。三日に一度の補充では、追いつかぬ勢いである。

みんな、お盛んだなぁ。

商売女より素人のほうが、よっぽど怖い。水茶屋の主人によれば、出合い茶屋には良家の娘らしき女も出入りしているそうである。お付きの女中をも巻き込んで、意中の相手と情を交《か》わしているのだ。

お陰《かげ》でこっちは、商売繁盛《はんじょう》なんだけどな。

熊吉は、世間の性の乱れを嘆《なげ》く立場にない。人などしょせん快楽に流される生き物なのだから、どんどんやればいいと思う。ただ近ごろは、数年前より風紀の緩みを感じることが多くなった。

質素倹約を下々にまで強《し》いた松平越中守《まつだいらえっちゅうのかみ》が失脚してから、はや八年。寛政《かんせい》の遺老たちが今もその志《こころざし》を継《つ》いではいるが、徐々に緩みが生じてきたようだ。なんといっても、公方様《くぼうさま》が色好みで有名だもんなぁ。

人は上からの締めつけに、耐《た》え続けることはできない。小さな綻《ほころ》びを見つければ、反動で必ず裏返る。あと何年かすれば、享楽《きょうらく》の時代がやってくるのではないかと思われた。

そうなれば、龍気養生丹《ようじようたん》と補養丹はますます売れちまうんだろうな。

旦那様は、それを見越して二つの薬を作ったのかもしれない。まったく、恐ろしいお人だ。奉公人として出世するたび、その偉大さを思い知るばかりであった。

池之端から下谷広小路《したやひろこうじ》に出て、熊吉は腹を撫《な》でる。不忍池《しのばずのいけ》から流れ出る忍川《しのぶがわ》が、どんよりとした空の色を映していた。三橋《みはし》と呼ばれる三本の橋を渡れば、東叡山黒門《とうえいざんくろもん》前。寛永寺《かんえいじ》への参拝客が、開けた通りを行き交っている。

その様子を何気なく眺めていたら、折よく寛永寺の時の鐘《かね》が鳴りはじめた。

鐘の鳴る回数を、数えるまでもない。腹の減り具合からして、間違いなく昼八《や》つ（午後二時）だ。

ひとまずは、享楽の徒として腹を満たそう。

神田花房町代地《かんだはなぶさちょうだいち》は、ここからすぐ。もとより『ぜんや』に立ち寄る心積もりであった。

「おや、ご隠居」

昼飯時をわざと外しているため、『ぜんや』の店内は客もまばらであった。

雨に降られぬうちに帰ろうとしたのか、いつも長《なが》っ尻《ちり》の「カク」や「マル」もいない。その代わり小上がりに、よく見知った老爺《ろうや》が座っていた。

「ああ、熊吉。いらっしゃい」

店の者より先に、菱屋《ひしや》のご隠居の声が熊吉を迎える。

その傍《かたわ》らに腰かけていたお勝《かつ》が、こちらを見返って煙草《たばこ》の煙を鼻から吐いた。

それが挨拶《あいさつ》代わりらしい。無精《ぶしょう》だなぁと苦笑しながら、熊吉は肩に背負《せお》った荷を下ろす。

見世棚《みせだな》の向こうにしゃがんでいたらしいお妙《たえ》が、ひょっこりと立ち上がった。

「あら、熊ちゃん。気づかなくてごめんなさい」

「いや、いいよ。それよりなに、鰯《いわし》？」

首を伸ばし、お妙の足元を覗《のぞ》き込む。七厘《しちりん》の上に、よく肥《こ》えた鰯が載っていた。焼き上がり間近らしく、焼き目のついた皮の表面で、脂《あぶら》がぱちぱちと弾《はじ》けている。

「ええ、ご隠居さんのご所望で」

「そうです、入梅鰯ですよ」

ご隠居が、小上がりで大きく頷《うなず》く。入梅鰯は、梅雨《つゆ》の時期に獲《と》れる鰯をいう。

「暦を見て今日が入梅と知ったら、無性に食べたくなっちまいましてね。お妙さんならそのあたりを心得て、鰯を出しているんじゃないかと踏《ふ》んだんですよ。でもね、用意しているのは、鰯は鰯でも、つみれ汁だと言うじゃありませんか」

「気が利《き》かず、すみません」

「いや、いいんですよ。つみれ汁も旨《うま》いはずです。だがどうしても、脂の乗った焼き鰯にこう、パリッとね。箸《はし》を入れて食べたかったんですよ」

そこでまだ料理していなかった鰯を、急遽焼《きゆうきよ》かせているらしい。

たっぷり獲れてしかも腐りやすい鰯は、下魚とされている。江戸でも指折りの太物問屋である菱屋では、台所方が気を回して、膳《ぜん》に上ることがないそうだ。

しかしご隠居は、越後《えちご》の寒村の出。旬《しゅん》を迎えた鰯の旨さを、よく知っている。

「俗に『鰯七度洗えば鯛《たい》の味』と言いますが、とんでもない。新鮮な鰯であれば、その脂こそ旨いんです。私はね、鯛よりも上だと思いますよ」

ご隠居が熱弁を振るっているうちに鰯が焼き上がり、紅《べに》色の酢薑《はじかみ》が添えられる。こんがり焼けた皮目の色合いに、思わずごくりと喉《のど》が鳴った。

「お妙さん、すまねぇ。オイラにも鰯を焼いてくんな」

「分かったわ。ご飯も炊《た》いてしまうわね」

「うん、お願い」

「今日は豆ご飯よ」

「そりゃあいい」

青豌豆《あおえんどう》を炊き込んだ爽《さわ》やかな豆ご飯は、熊吉の好物だ。いつもより多めに炊いてもらうことにした。

さて飯の支度ができる前に、仕事を済ませてしまおう。そう思い龍気補養丹の補充をしていると、ご隠居の舌鼓《したつづみ》が聞こえてきた。

「ああ、旨い。これはやっぱり酒だねぇ。お勝さん、もう一合つけてください」

お勝が「はいはい」と腰を上げ、銅壺《どうこ》の湯にちろりを沈める。

ところでさっきから、もう一人の給仕の姿が見えない。
「お花《はな》はどうした？」
売上を計算しながら、聞いてみる。裏の井戸で洗い物でもしているのかと思ったが、
問われたお勝はなにも言わず、上のほうを指差した。
動きにつられ、熊吉は木目に艶《つや》が出てきた天井を見上げる。そのときを見計らった
かのように、若い娘たちの笑い声が頭上で弾けた。
「そうか、今日だったか」
数日前から、聞いていた。お花と友人たちが集まって、『ぜんや』で飯を食べるの
だと。昼餉《ひるげ》の客が落ち着く頃合《ころあ》いを見計らい、その会が二階で催《もよお》されているのだ。
「俺《おれ》はまたてっきり、店を貸し切りにするのかと思ってたよ」
「それには及ばないと、お花ちゃんが言うもんでね。娘たちが集《つど》うと、華やかでいい
ねぇ」
どういうからくりがあるのか知らないが、若い娘の声には場を明るくする力がある。
ちろりの様子を見守るお勝も、口元に笑みを浮かべていた。
薬の補充を終え、売上金を行商簞笥《だんす》の引き出しに仕舞う。そのときを待っていたら
しく、ご隠居が「熊吉」と呼んで手招きをした。

「終わったなら、こちらにいらっしゃい」

「いや、でも――」

俵屋《たわらや》の手代《てだい》にすぎぬ熊吉は、菱屋のご隠居と共に飯を食べられるような立場にない。遠慮《えんりょ》するつもりでいると、ご隠居が焦《じ》れたように傍らの畳《たたみ》を叩《たた》いた。

「いいから来なさい。一人で食べるのは寂《さび》しいんだよ」

只次郎《ただじろう》は、仕事に出たまま戻らないようだ。そう言われると、断れない。「失礼します」と下駄を脱《ぬ》ぎ、熊吉はご隠居と差し向いに座った。

「すみません、盃《さかずき》をもう一つ」

燗《かん》のついたちろりを運んできたお勝に、ご隠居が注文をつける。熊吉は慌てて手を振った。

「いや、さすがにそれは」

「一杯くらい、どうってことないでしょう」

「まだ、外回りの途中なもんで」

「固いですねぇ、俵屋さんは」

菱屋の手代が仕事の最中に酒を飲んでいたら自分だって怒るだろうに、勝手なことを言う。熊吉は苦笑いをしながらちろりを受け取り、空《から》になっていたご隠居の盃に注《つ》いでやった。

「ちょっと、それは言いっこなしでしょう！」

二階から、ひときわ甲高《かんだか》い声が響いてくる。ちろりを置いて、熊吉は「おや」と上を見上げた。

「おかやちゃんまでいるのかい？」

まだ幼《おさな》さの残る声音は、裏店《うらだな》に住むおえんの娘、おかやのようだ。熊吉の問いを受け、お勝が「ああ」と頷いた。

「お栄さんにずいぶんな態度を取っちまったから、謝っときたいと言ってね。考えが足《た》りないところはあるけれど、根はいい子なんだよ」

お花が友人たちを集めたのは、お栄《えい》を送るためである。

親が勧《すす》める縁談を嫌って家を飛び出してきたものの、お栄はけっきょく、林家《はやし》に戻ると決めた。お騒がせな姫様も、武家の娘という楔《くさび》からは逃れられなかったものらしい。部屋住みの次男坊であった只次郎より、その立場は重いのだ。

お栄の目には理不尽《りふじん》に映るかもしれないが、それもまた親心。娘が可愛《かわい》いからこそ、自分がよく知らぬ道を歩ませるのは怖いのだろう。

でもあと少しだけ、猶予《ゆうよ》がほしい。お栄がそう申し出て、四月いっぱいまでは『ぜんや』に留《とど》まることになった。

それからは浅草詣《あさくさもう》でに芝居《しばい》に寄席《よせ》と、いろんなものを見て回ったそうだ。他家に嫁《とつ》いでしまえば気安く外に出られないからと、只次郎も黙ってそれにつき合っていた。気儘《きまま》に過ごせた四月も、あと少しで終わり。いよいよお栄は、覚悟を固めねばならない。その前にと、計画された娘ばかりの会であった。

「そういやおかやちゃんとは、千寿《せんじゅ》を巡ってひと悶着《もんちゃく》あったんだったな」

それも今となっては、遠い出来事のようである。十になったばかりの千寿とお栄を一緒にしようというお志乃《しの》の企《たくら》みは、はなから無理があったのだ。もし仮に千寿が熊吉ほどの年頃であったなら、結果は違っていたかもしれない。

「お志乃さんは、ずいぶん残念がっていたみたいですねぇ」

鰯の身をつつきながら、ご隠居がちみりと酒を飲む。旨そうだなとその様子を眺めつつ、熊吉は「ええ」と応じた。

「残念がるどころじゃありませんよ。生薬を届けに行ったついでに呼びつけられて、お栄さんをどうにか心変わりさせてくれと頼まれましたからね」

もちろん、そんなことはできないと断った。お栄はよくよく考えて答えを出したのだろうし、熊吉にも引き留める理由はない。

お志乃だって、そのくらいのことは心得ているはずだ。それでもお栄を手放すのは惜《お》しかったのだろう。恨《うら》みがましい目で睨《にら》まれてしまった。

「そりゃあまぁ、お栄さんほど諸芸に通じている娘さんは、なかなかいないでしょうしねぇ」

ご隠居が、入り口近くをちらりと見遣《みや》る。そこの壁には、『千早《ちは》や振る卯月八日は吉日よ、かみさけ虫をせいばいぞする』と書かれた紙が、逆《さか》さまに貼《は》られている。今月八日、諸寺で灌仏会《かんぶつえ》が執《と》り行われた。それらの寺から分けてもらった甘茶で墨《すみ》を磨《す》り、この文言を紙に書いて逆さまに貼っておけば、毒虫の害から逃れられるという。

入り口の文字は、お栄が書いた。見る人が見れば於通《おつう》流と分かるらしいが、熊吉にはさっぱりだ。

しかし知識が追いつかずとも、素晴らしい手蹟《しゆせき》であることは見れば分かる。「うちのも書いてほしい」と近所ですっかり評判になり、お栄は丸一日大忙しであった。

学があるだけでなく、そこにいるだけで周りが明るくなる、稀有《けう》な姫君だ。お志乃が悔しがる気持ちも、よく分かる。

「千寿ちゃんが大人になるまで、まだ間がありますから。そのうちきっと、いいご縁に巡り合えますよ」

　折敷《おしき》に料理を載せ、お妙がこちらに近づいてくる。

　熊吉は「あれ？」と首を傾《かし》げた。

「兄ちゃんとお妙さんが、お栄さんを嫁《よめ》にとけしかけたわけじゃないのかい？」

「まさか。升川屋《ますかわや》の養女として、迎えてもらえないかと思ってはいたけれど。嫁にというのは、お志乃さんの望みよ」

「そっか。お志乃さん、ちょっとばかり欲が出ちまったんだな」

　気に入りのお栄を傍《そば》に置いておきたいなら、養女でもよかったのに。欲をかくと、望みのものを取り逃す。そう語る昔話はいくらもあるのに、人はいつまで経《た》っても学べやしない。

「また今度、お志乃さんの愚痴《ぐち》を聞いておくわ」

　お妙がうふふと笑いながら、折敷を熊吉の膝先《ひざさき》に置く。まず真っ先に目に飛び込んできたのは、色よく焼けた鰯である。

「うん、こりゃあ旨そうだ！」

　これもまた、欲の塊《かたまり》。取り逃す前にと、熊吉は急いで箸を取った。

二

まさにご隠居が言っていたとおり。こんがり焼けた鰯の皮目に箸を入れてみると、パリッと小気味よく弾けた。

そこからじわりと、透明の脂がにじみ出る。身をほぐして口に運び、熊吉は思わず目を瞑《つむ》った。

「ああ、たまんねぇ」

さすが、入梅鰯と呼ばれるだけのことはある。ただ塩を振って焼いただけで、しみじみと旨い。勧められた酒を断るんじゃなかったと、後悔の念が頭をもたげる。

一杯くらいならべつに、平気じゃねぇかな。

そんな欲まで湧《わ》いて出る。鰯をすっかり食べ終えて、酒で舌を洗っているご隠居が羨《うらや》ましくってならない。

「おや、それも旨そうですね」

盃を置き、ご隠居が身を乗り出してきた。熊吉はいつも、飯とお菜《さい》をいっぺんに出してもらう。その中に、気になるものがあったようだ。

「蕪《かぶ》の海老《えび》糝薯《しんじょ》鋳込《いこ》みです。すぐご用意できますよ」

「ならひとつ、もらおうかね」

くり抜いた蕪の器に海老の擂《す》り身を詰め、出汁《だし》で煮たものだという。仕上げに葛《くず》を引いてとろみをつけてあり、見た目も艶やかで美しい。

その他のお菜は蕗《ふき》の土佐煮《とさに》に、蛸《たこ》と牛蒡《ごぼう》の柔らか煮。どちらもすでに、ご隠居は食べ終えた後らしい。

「お待たせしました」

ほどなくして、ご隠居の元にも蕪の海老糝薯鋳込みが運ばれてきた。衰《おとろ》え知らずの血色のいい頬《ほお》が、ほくほくと持ち上がる。

「どれ、熱いうちにいただきましょう」

誘われて、熊吉もまた料理に箸をつけた。

蕪は煮すぎるとぐずぐずになってしまうが、お妙はさすがに心得ている。箸がすっと入るのに、煮崩れない絶妙な硬《かた》さである。

ひと口大に切って頬張ると、その蕪からじゅっと出汁がにじみ出た。薄味に仕上げてあるが、海老の風味が後から追いかけてきて混ざることで、物足りなさを感じない。

「はぁ、これは間違いない。酒ですね」

ご隠居が、手元の盃をくっと干した。蕪だけじゃない。鰹節《かつおぶし》を絡めた蕗も、こっくり煮られた蛸と牛蒡も、間違いなく酒である。

ちくしょう。なんでこんな、酒に合うお菜ばかり出てくるんだ。

なぜならそれは、居酒屋だから。分かりきったことである。

「お勝さん、すみません。あと一合だけ」

「はいはい、お待ちあれ」

ご隠居の注文を受け、お勝が空になったちろりを引き取りにくる。盃の追加を頼むなら、今である。

いや、いいわけねぇだろ！

次に回ろうと思っているのは、深川《ふかがわ》の旗本家だ。俵屋の手代として、酒のにおいをさせて赴《おもむ》くわけにいかない。一杯くらいならばれないかもしれないが、世の中にはお花のように、鼻の利く者もいる。

危うく欲に流されるところであった。酒への未練を断ち切ろうと、熊吉は袖《そで》に手を入れて土鍋の蓋《ふた》を取る。甘やかな湯気が、ふわりと鼻先に立ち昇った。

炊きたての米の中で、豆の粒の翡翠《ひすい》色が際立《きわだ》っている。香りもよく、これぞ初夏のご馳走《ちそう》である。

「あら、ごめんなさい。土鍋の蓋を取るのを忘れていたわ」

「いいよいいよ、そのくらい」

いつもはお花がやっているから、うっかりしたのだろう。詫《わ》びるお妙に笑顔を返し、熊吉は自分で飯をよそう。

「ううん、これこれ」

口の中でぷちぷちと弾ける豆の食感と、ほのかな甘み。鼻へと抜ける清々《すがすが》しい香りを惜しんで、鼻孔《びこう》を広げて息を吸い込む。僅《わず》かな塩気が、豆と米の甘さをより際立てている。

「旨いなぁ。これ、昆布《こんぶ》なんかは入れてないんだろ？」

「そうね、お酒と塩だけ。でも豌豆の莢《さや》の煮汁で炊いているから、そこから出汁が出ているのよ」

「へぇ、そういうものからも出汁って出るんだ」

小鼻が膨《ふく》らむくらい豆の風味が立っているのは、そのためらしい。口の中の香りが薄まってきたところで、熊吉は鰯のつみれ汁を啜《すす》る。

「くぅ〜っ！」と、思わず唸《うな》ってしまった。

鰯の旨みが汁ににじみ出て、五臓六腑《ぷ》に染み渡るようだ。あしらわれた芹《せり》のお陰で脂のしつこさが拭《ぬぐ》い去られ、滋味深い味わいになっている。

「はい、お待ちどお」

お勝がちろりを運んできたが、飯と汁のお陰で酒への未練はなくなった。箸の赴くままに、料理を食べ進めてゆく。


「そうだ、升川屋さんといえば」

お勝の酌《しゃく》を受けながら、ご隠居が思い出したように膝を叩いた。先ほどの、お志乃の話題からの流れらしい。

「聞きました？　近江屋《おうみや》の元番頭さん、出家したそうですよ」

「えっ、そうなんですか」

驚きの声を発したのは、お妙である。熊吉は口に飯を詰め込んでいたせいで、反応が遅れた。

「升川屋に雇《やと》われてるんじゃなかったのかい？」

お勝がぎょろりとした目をさらに見開いている。熊吉も、そう思っていた。

「さすがにそれは、お志乃さんが許さなかったみたいでね。ならばもうこの先は、主人の菩提《ぼだい》を弔《とむら》いながらひっそりと生きたいと言って、髪を剃《そ》っちまったんですよ」

「なんてこった」

口の中のものを飲み込んで、やっとこさ声が出せた。

近江屋の元番頭と最後に会ったのは、昨年十月のべったら市の夜である。べったら漬けを丸呑《まるの》みして死のうとしていたところに、たまたま出くわした。なにもかもを失って、ただ楽になりたかったと泣いていた。

「よく分からないねぇ。あの近江屋に、そこまでの忠義を尽《つ》くす人がいるなんて」

「いいや、そんなもんじゃねぇだろう」

不思議がるお勝に向かって、熊吉は首を振る。元番頭が最期《さいご》まで近江屋と共にいたのは、ただ逃げ遅れただけのこと。出家をしたのも、お志乃に冷遇されて身の置き所がないために、もっともらしい理由をつけたにすぎない。あの男はいつだって水面《みなも》に浮かぶ芥《あくた》のように、楽なほうへ、楽なほうへと流されるのだ。

「死にきれなかったからって、出家かよ。本当に身勝手な奴《やつ》だな」

「手厳しいねぇ」

ご隠居が手酌に切り替えて、やれやれと首をすくめる。べったら市で元番頭を怒鳴《どな》りつけた熊吉の剣幕を、思い出しているのだろう。

自分でも、なぜこんなにいつまでも腹を立てているのか分からない。番頭という立場にありながら近江屋の暴挙を止めようともしなかったあの男を、同じ商家の奉公人として見下げているのはたしかだった。

「この話は、お花の耳に入れないほうがいいかもな。あいつまた、自分を責めるかもしれねぇだろ」

土下座をして謝る元番頭を、お花は決して許さなかった。それだけのことをされたのだから、当然だ。出家だって、自業自得《じごうじとく》。それでもお花は、自分が追い詰めてしまったと思いかねない。

「なぁに、なんの話？」

背後から若々しい娘の声が聞こえ、熊吉はぎょっとして飛び上がった。

恐る恐る背後を振り返ると、宝屋《たからや》のお梅《うめ》が二階から下りてくるところであった。鬢《びん》に挿したびらびら簪《かんざし》が、しゃらしゃらと愉快げに揺れている。

「あ、いや」

お梅の登場に、熊吉は衿《えり》を正す。娘たちの集まりに参加していることは知っていたが、まさか下りてくるとは思わなかった。

三河屋《みかわや》を仲人《なこうど》に立て、俵屋と宝屋は先日結納《ゆいのう》を交わしたばかり。輿入《こしい》れは、おそらく秋の吉日になると思われる。お梅が俵屋のご新造《しんぞ》になる日も近いのだ。酒を口にしていなくて、本当によかった。

と、密《ひそ》かに胸を撫で下ろした。

「やだ、そんな鯱張《しゃちほこば》らないでよ」

お梅はころころと笑っているが、今までどおり気さくに接することはできない。熊吉は、ますます背筋をしゃんと伸ばす。

「それで、なんの話だったの？」

「ええと――」

手のひらに、じわりと汗がにじみ出る。今後のことを思えば、だんまりはできない。どうしたものかと悩んでいると、お勝があっさり口を開いた。

「たいしたことじゃない。近江屋の元番頭が、出家したって話さ」

「ああ、なんだ」

特に驚きもせず、お梅は拍子《ひょうし》抜けしたように肩をすくめる。

「それなら、お志乃さんから聞いて知ってるわ。ね、お花ちゃん」

ひやりとして、視線を転じた。いつから聞いていたのやら、階段の途中にお花がぼんやりと突っ立っていた。

三

熊吉は、しばらくなにも言えなかった。

とんとんと、小さな足音を立ててお花が残りの階段を下りてくる。その一挙手一投足を、息を詰めて見守った。

「出家のこと、知っていたの？」

そう尋《たず》ねたのは、お妙である。お花はこくりと頷いた。

「うん。さっき、お梅ちゃんから聞いた」

勾引《かどわ》かしに遭《あ》ったお花が近江屋の屋敷に閉じ込められていたことは、お梅も知っているはずだ。元番頭の近状など、わざわざ伝えなくともよかろうに。余計なことをと、苦々しい思いが込み上げる。

だがお梅は意に介した様子もなく、軽やかにお花の顔を覗き込んだ。

「本当に、よかったわよね」

「よかった？」

つい、問い返してしまった。こちらを見返ったお梅の笑顔には、屈託《くったく》がない。

「だって近江屋の番頭にまでなった人が、今さら棒手振りからやり直すなんてできないでしょう。お寺なら食いっぱぐれることはないし、よかったんじゃない？」

これは、心の美しさの差なのだろうか。元番頭にはぜひその辛酸を舐《な》めてもらいたかったと、熊吉は思う。一方のお梅は、一人の人間が行き詰まらずに済んだことを喜んでいる。

「お花はどうなんだ？」

どうも納得がいかなくて、被害に遭った当人の意向を確かめずにいられなかった。

「えっ、私？」

お花はきょとんと目を瞬《しばたた》き、首を傾げる。しばらくなにか考えていたようだが、そのうちにたどたどしく言葉を紡《つむ》ぎはじめた。

「どうって、聞かれても。大人の男の人が自分の頭で考えて、決めたんなら、それでいいんじゃないのかな」

ぽかんと口が、開いてしまった。まさかお花から、そんな答えが返ってくるとは思わなかった。

実の母親に虐《しいた》げられてきたせいか、なにかよくないことが起きると、お花は自分のせいではないかと己を責める。たとえば虫の居所が悪いだけの相手にも、なにかしてしまったんじゃないかと怯《おび》えてしまう。

だからこそ、元番頭の動向を知られたくはなかったのだが。

そのあたりのことを、ちゃあんと分けて考えられるようになったんだな。

肩透《す》かしを食らったような気分だが、喜ばしいことに違いない。熊吉が案じるまでもなく、お花は成長しているのだ。

憎しみに囚《とら》われてるのは、オイラばかりか。

近江屋がいない今、その罪まで元番頭に引っ被《かぶ》せ、必要以上に腹を立てていたのかもしれない。お花が「それでいい」と言うのなら、熊吉にはもはや口を挟む余地はなかった。

お妙を横目に窺うと、なにもかもを心得たような微笑《ほほえ》みで頷き返された。ならばもう、熊吉も元番頭のことは忘れよう。どうせこの先、二度と顔を合わせることはないのだから。

「ところでお花ちゃん、なにか用があって下りてきたんじゃないのかい?」

頃合いを見計らい、お勝が会話の流れを変えた。いい加減なようでいて、こういった気遣いをさらりとやってのけるのだから、敵《かな》わない。

「うん、そう。たぶんあれが、固まったころだと思うから」

「あれとは？」

なにか、旨いものの気配を感じたらしい。やり取りを静観していたご隠居が、亀《かめ》のように首を伸ばした。

うふふと、お梅が笑う。

「金玉羹《きんぎょくかん》よ」

お花が造りつけの棚から取り出してきたのは、羊羹舟《ようかんぶね》のような縦長の流し型だった。木製のそれをお梅と共にたしかめて、頷き合う。

「うん、できてるね」

興味を引かれ、熊吉は二人がいる調理場を見世棚越しに覗き込む。木型の中身に目を留めたとたん、「おお！」と感嘆《かんたん》の声が洩《も》れた。

金玉羹とは、砂糖や水飴《みずあめ》を煮溶かしたものに寒天《かんてん》を加えて作られる、見た目も涼《すず》やかな菓子である。梔子《くちなし》の実で色をつけて、琥珀《こはく》色に染めることもある。

だがお花が手にしている金玉羹は、美しい薄紅色をしていた。しかもところどころに、果物らしき丸い実が浮かんでいる。

「楊梅《やまもも》か？」

「うん、そう」

そういえば、楊梅の実が熟す季節である。

子供のころは、道端に生えているのを捥《も》いでかぶりついたりもした。でもそんなに多くは食べられない。楊梅の実は、酸っぱいのだ。一つか二つ摘《つ》まめば、もう充分である。

「甘露煮《かんろに》にしたのを、汁ごと寒天で固めてみたの」

それはいかにも旨そうだ。甘露煮ならば、酸味が強すぎるということもない。

「たくさん作ったから、皆のぶんも切るね」

「そりゃあ、ありがてぇ！」

旨い飯だけでなく、菓子まで食べられるなんて願ったりだ。

金玉羹を型から取り出して、お花が慎重《しんちょう》に包丁を入れる。一人ぶんにつき楊梅の実がひと粒入るよう、厚めに切ってゆく。

その傍らで、お梅が鉄瓶《てつびん》に湯を沸《わ》かしはじめた。どうやら茶を淹《い》れてくれるらしい。

俵屋に嫁げば、このくらいのことは女中がやる。だがお梅は実に楽しそうに、湯呑み茶碗《ぢゃわん》を並べてゆく。

「見られてるとやりづらいから、座ってて」

「ああ、すまねぇ」

邪魔だと言われ、熊吉はすごすごと小上がりに引き上げた。

しばらくして、膝先に菓子と煎茶《せんちゃ》が運ばれてきた。

切り分けられた金玉羹は、断面がますます鮮やかで美しい。若い娘たちの集まりに、ふさわしい色合いである。

娘とは程遠いご隠居まで、にんまりと頬を持ち上げた。

「素晴らしい。お花ちゃんが考えたのかい？」

「うん。はじめは甘露煮にするだけのつもりだったんだけど、煮汁があんまり綺麗《きれい》だったから」

「いやはやこれは、京菓子屋に並んでいてもおかしくない代物《しろもの》ですよ」

手放しに褒《ほ》められて、お花は照れたようにきゅっと唇を窄《すぼ》める。きっとお妙が横から「寒天で固めてみたら？」と助言をしたのだろうが、都合よく忘れているようだ。

こいつはほんと、褒められるのに弱いなぁ。

どれひとつ、オイラも褒めてやろう。そう思い、熊吉は菓子の載った小皿を目の高さに持ち上げる。

「すげぇな、こりゃあ料理番付に載っちまうかもしれねぇぞ」

「えっ。うん、ありがとう」

はにかんでいたお花の顔が、すっと冷める。ちっとも胸に響かなかったようである。

なんか近ごろ、そっけねぇなぁ。

お花も十六、難しい年頃だ。気にしてもしょうがないと割り切って、熊吉は添えられていた黒文字を手に取った。

薄紅色の寒天に、黒文字の先がするりと吸い込まれてゆく。ひと口大に切ると、光の加減でわずかに色が淡くなった。

「うん、旨い！」

世辞ではなく、本音が洩れる。煮溶かした砂糖と楊梅の酸味が、実にいい塩梅《あんばい》だ。

「美味《おい》しいねぇ。湿気の多い季節に、口がさっぱりするよ」

「ええ。楊梅の実も、ほどよく煮えているわね」

お勝とお妙も小上がりの縁《へり》に座り、美しい菓子に舌鼓を打っている。

二人に褒められ、お花はまたもはにかんだように笑った。

「ありがとう。種があるから、気をつけてね」

やっぱり、熊吉にだけそっけない。心なしか、楊梅の酸味が増した気がした。

「熱い煎茶とも合いますねぇ。お梅さん、お茶を淹れるのが上手《じょうず》ですよ」

「あら、ご隠居さんにそう言ってもらえると嬉《うれ》しいわ」

お梅は引き続き、調理場で茶の用意をしている。熊吉たちのを先に淹れてくれたらしく、次は二階で飲むぶんだ。

新茶の季節ゆえ、茶にはほのかな甘みがあり、清々しい香りがふわりと広がる。入梅の、どんよりとした気分も晴れるようだ。

これで空も晴れ渡ってりゃ、言うことなしなんだけどなぁ。

菓子まで食べて、思いのほか長っ尻になってしまった。そろそろ腰を上げなければ。

次に向かう先は、深川だ。一人の女の顔が、ふと胸に浮かんだ。

「なぁ、もし菓子が余ってるなら、一人ぶん切って包んでくれねぇか？」

あの女は今このときも、小便臭い長屋で客を取っているのかもしれない。どうせ深川に行くのなら、美しい菓子でも差し入れてやろうと思った。

「やだそれって、意中の人に？」

見世棚の向こうで、お梅が顔を上げる。ぱっちりとした眼《め》が、らんらんと輝いている。

「はっ、なんだよそれ」

「お花ちゃんから聞いてるわよ。白粉《おしろい》の君でしょう」

熊吉はあんぐりと口を開け、お花を見遣る。その視線から逃れるように、お花はそっぽを向いてしまった。

あれか、オイラの着物から香ったっていう、白粉のにおいか！

このところ、お花がそっけなかったわけが分かった。熊吉に情を交わす女がいると勘違いして、戸惑《とまど》っているのだ。

「いや、あれはそんなんじゃねぇ！」

「んもう、『あれ』だなんて。心当たりがあるんじゃないの」

「あるにはあるけど、べつになんとも思ってねぇよ」

「いいのよ、照れなくったって」

なにを言っても、お梅は含み笑いを浮かべるばかり。お花は目も合わせてくれない。

「熊吉も、大人になったんですね」

「ほんと、蓮根《れんこん》も食えない餓鬼《がき》だったのにねぇ」

ご隠居やお勝までが、しみじみと語り合う。

「だから、違うんだってば！」

なぜこんなにも、むきになっているのだろう。

そのわけも分からぬまま、熊吉はめいっぱい声を張り上げていた。

四

空に浮かぶ雲はますます分厚く、おどろおどろしさを増している。

よく晴れた日でも薄暗い深川松村町《まつむらちょう》の長屋は、もはや化《ば》け物《もの》屋敷のよう。溝《どぶ》に跨《また》がり小便を放っていたお鶴姐《つるねえ》さんが、欠けた歯を見せてにやりと笑った。

「お万《まん》さんなら、空《あ》いてるよ」

「そうかい、ありがとよ」

他の女郎の客を横取りするのはご法度《はっと》らしく、お鶴姐さんはもう熊吉に粉をかけてこない。お万の部屋は、戸口が五つある長屋の奥から二番目。油障子《あぶらしょうじ》は、開けっ放しになっている。

「邪魔するよ」

入り口の土間に立ち、声をかける。鏡台に向かって紅を塗り直していたお万が、はっとして振り返った。

「いやだもう、熊吉さん。お見限りかと思ったよ」

夜具は相変わらず、敷きっぱなし。立ち上がる手間すら惜しいのか、お万は顔いっぱいに喜色を浮かべ、這《は》いずるようにして近づいてくる。

「お見限りもなにも、そんな間柄《あいだがら》じゃねぇだろう」

「つれないねぇ。ひと月以上もご無沙汰《ぶさた》だったってのにさ」

前に立ち寄ったときから、もうそんなに経っていたのか。「ごくたまに」という約束だからべつに構わないと思うが、お万は恨《うら》みがましげに見上げてくる。

「すまねぇな。オイラだって、暇《ひま》じゃないんだ」

開け放してあった戸を後《うし》ろ手に閉め、熊吉は二畳しかない座敷の上り口に腰かける。この部屋には、これ以上立ち入らないと決めていた。

お万に会うのは、今日で五度目。「友達」の間柄は、依然として保っている。だが二十歳《はたち》の男の理性など危ういもの。布団の上でお万に抱きつかれでもすれば、容易《たやす》く情に流されてしまうだろう。

意中の人ってわけじゃ、ないんだけどなぁ。

誤解はけっきょく、解けなかった。詳しく話そうとすればするほど、土壺《どつぼ》にはまってしまう気がした。

切見世《きりみせ》の女に何度も会いに来ておいて、身の潔白を訴《うった》えたところで、誰《だれ》が信じてくれるだろう。俵屋のご新造となるお梅に女郎遊びを疑われ、心証が悪くなるのも困りもの。

ゆえに熊吉は「違う！」と声を大にして叫ぶばかりで、なんの言い訳もできなかった。

弱ったなぁ。お花のやつ、ついには目も合わさねぇ。

本当に女郎買いをしているなら、若い娘に軽蔑《けいべつ》されてもしょうがない。でもしていないのだから、どうにも遣り切れないものがある。

お花はそのうちに、機嫌を直してくれるだろうか。

「ねぇ、ちょっと。今、他の女のことを考えてたでしょ？」

お万が唇を尖《とが》らせて、熊吉の腕に巻きついてくる。なぜ分かるのかと、驚いた。

「なにさ、その顔。図星だね」

「わっ、ちょっと待った」

お万の拳《こぶし》が、熊吉の胸を叩こうとする。だから慌てて、身を引いた。

「逃げるんじゃないよ」

「いや、待てって。潰《つぶ》れちまうだろ」

「そこに、なにが入ってんのさ」

熊吉は庇《かば》っていた懐《ふところ》から、紙の包みを取り出した。

お万が興味深げに顔を近づけてくる。その鼻先で、ゆっくりと包みを開けてゆく。

包みは二重になっており、美濃紙《みのがみ》の下は油紙。どちらも開くと、薄紅色の透明な菓子が現れる。

「うわぁ」

お万の瞳《ひとみ》が、幼い子供のようにきらきらと輝いた。

「なんだい、これは」

「金玉羹っていう菓子だよ」

「びっくりした、置物じゃないんだね。こんな綺麗な菓子を見たのは、はじめてだよ」

瞬《まばた》きも忘れ、お万は食い入るように菓子を眺める。

いらぬ誤解を生んでしまったが、こんなに喜んでもらえるのなら、持ってきてよかった。熊吉は物慣れた女郎の思いがけぬ稚気《ちき》に、頬を緩める。

「おいおい、見るだけでいいのかよ」

「えっ、食べていいの？」

「もちろん。そのために持ってきたんだ」

お万がこれでもかと目を見開く。団子《だんご》や大福くらいなら、差し入れる客もいるだろう。でもまさかこんな上等なものを、口にできるとは思ってもみなかったのだ。

「ちょっともう。なんなんだよ、お前さん」

みるみるうちに、その瞳に涙が盛り上がってきた。お万はたまらず、着物の袖を顔に押し当てる。

「抱いてくれもしないくせに、なんでこんな、嬉しいことをしてくれるのさ。ますます惚《ほ》れちまうだろう」

「なんだよ、泣くなよ。たかが菓子ひと切れだろ」

「こんな綺麗なの、『たかが菓子』とは言わないよ」

笑ったり泣いたり、忙しい女だ。熊吉は、お万の震える背中を撫でてやる。

「ねぇ、苦しいよ。せめて口だけでも吸っておくれ」

「おい、よせって」

背を撫でていた熊吉の手を、お万が掴《つか》む。涙にぬれた顔が、すぐそこまで迫ってきた。

着物の袖で擦《こす》れたのか、塗り直したばかりの紅がにじんでいる。その様子がお万をよりいっそう、妖艶《ようえん》に見せていた。

「熊吉さん、後生《ごしょう》だから」

お万が熊吉の手を、胸乳へと誘導する。手のひらに、柔らかな肉が触れた。はだけた衿から、滑《なめ》らかな肌が覗いている。

熊吉は、ハッと息を呑んだ。むしゃぶりつくように、両手でお万の衿元を押し広げる。

「アッ！」と、お万が歓喜の声を上げた。

――なんてこった。

お万の衿元を摑んだまま、熊吉はまじまじと、目の前の柔肌を眺めていた。

「熊吉さん？」

喜悦の表情を浮かべていたお万も、熊吉がぴくりとも動かなくなったので、不審に思ったのだろう。なにごとかと、問いかけてくる。

着物の衿を摑む手が、我知らず震えていた。熊吉は、ゆっくりと息を吐き出す。

「いつからだ」

「へっ？」

お万の声が、裏返る。これは、とぼけているわけではなさそうだ。

「この発疹《ほっしん》、いつから出てる？」

「ああ、これかい」

忘れていたかのように、お万が己の胸元を見下ろす。そこには小さな赤い発疹が、いくつも現れていた。

「ええと、十日ばかり前からかねぇ」

よく見れば袖口から覗く腕や、手のひらにまで発疹が出ている。これはもう、間違いがない。

熊吉はなにも言えず、お万の衿元を深く搔《か》き合わせた。

「なんだい、抱いてくれるんじゃないのかい？」

「駄目だよ、お万さん。アンタはもう、客を取っちゃなんねぇ」

お万の面に、さっと怒気が走る。わけが分からないと、首を振った。

「馬鹿をお言いでないよ。客を取らずに、どうやっておまんまを食えってのさ」

「言いたいことは分かる。でも、よしたほうがいい」

「この発疹が、見苦しいってのかい。近ごろ蒸し暑かったから、汗疹《あせも》だろう。すぐ治るさ」

「違う。違うんだよ、お万さん」

お万を直視できなくて、熊吉は瞼《まぶた》を伏せた。

両手で衿を握った際に取り落とした金玉羹が、包み紙ごと畳の上でひしゃげている。

ぶつぶつとした楊梅の赤い実が、やけに毒々しく見えた。

「あらためて医者に診《み》てもらったほうがいいと思うが、これは唐瘡《とうがさ》だ」

「唐瘡？」

鸚鵡《おうむ》返しに、お万が呟《つぶや》く。

唐瘡は、別名を楊梅瘡《ようばいそう》ともいう。全身にできる発疹が、楊梅の実に似ているからである。

「なぁんだ、そんなことか。驚かさないでおくれよ」

熊吉の深刻さが、お万には響いていないようだ。あはははと、笑い飛ばされた。

「笑いごとじゃ、ねぇだろう」

「そっちこそなにさ、難しい顔をして。唐瘡なんざ、べつに珍《めずら》しくもないだろう」

そう、唐瘡は珍しくもない病だ。大昔にはなかったそうだが、異国からもたらされ、またたく間に広まった。交合により伝染するため、廓《くるわ》周りに多く見られる。特に自ら筵《むしろ》を担《かつ》いで春をひさぐ夜鷹《よたか》には、病持ちが多かった。

「唐瘡なら、大丈夫だよ。この発疹も、しばらくすれば消えるだろう。むしろかかった後は子ができづらくなるというから、女郎にはもってこいさ」

そしてこの病は、隠れるのがうまい。お万の言うとおり、体中の発疹は半年とかからず消えるだろう。その後しばらくはなにごとも起こらないため、誰もが治ったと思い込む。それゆえに、瘡を経てこそ遊女は一人前という、誤った認識まで広まるしまつだ。

「そうじゃねぇ。発疹が消えても病の根っこは体の奥に残ってて、三年もすりゃ体中にできものが増えはじめる。そこからまたじわりじわりと体を蝕《むしば》んでいって、鼻が欠けちまうこともあれば、気が触れちまうこともある。長い場合は三十年くらいかけて、死に至るんだよ」

しかも今のところ、根治が叶《かな》う薬はない。最も用いられているのは皮膚《ひふ》病に効《き》くとされる山帰来《さんきらい》だが、残念ながら気休め程度のものだろう。水銀軟膏《なんこう》なども出回っているが、水銀自体が毒であるため、多用するのは危険であった。

お万はしばらく、熊吉をじっと眺めていた。だがやがて、その心配を鼻で笑った。

「ずいぶん悠長な病なんだねぇ。三十年もありゃ、べつに唐瘡じゃなくてもおっ死《ち》ぬよ」

「でもそれまでに、いろんな症状が出ちまうんだ」

「だとしても、アタシにはまだ三年の猶予《ゆうよ》があるんだろう。ならその間にしっかり稼《かせ》いで、借金を返さないとね」

「だから、客を取っちゃ駄目なんだって！」

これだけ言ってもまだ、通じない。熊吉はお万の両肩を摑んで揺さぶった。

「いいかい。この仕事を辞めなきゃ、お万さんを買った客にも病がうつり、その客がまた他でもばら撒《ま》いちまうんだよ。病に苦しむ人を、増やしていいはずねぇだろう」

「ああ、そうかい。アンタこそ、なにも分かっちゃいない。アタシの一存で、仕事を辞められるわけないだろう」

お万が勢いよく、熊吉の手を振り払う。切見世の女郎は年季が短いというが、それでも抱え主に借財があることに違いはない。病を得たからといって勝手は許されないし、抱え主のほうでも唐瘡を甘く見ており、辞めさせはしないだろう。

「それともなにかい、アンタがアタシを請《う》け出して、面倒を見てくれるってのかい？」

できることなら、それがなによりだ。お万だって、病をこれ以上広めずにすむ。

しかし商家の手代にすぎぬ熊吉には、金がない。お万をただ請け出すだけでなく、三十年近くも面倒を見続けねばならないのだ。

どうすりゃあ、いいんだろう。

言葉に詰まっていると、お万が手を伸ばしてきて、熊吉の胸を突いた。

「帰っとくれ」

お万は、表情豊かな女だ。それが今は、能面のように凝《こ》り固まっている。

「いや、でも——」

「いいから、帰っとくれ」

「そんなわけにいかねぇよ。なんとかして、ここから抜け出す方法を——」

「余計なお世話なんだよ」

またもやトンと、胸を突かれる。さっきより、力が強かった。

「アンタはべつに、アタシのことが愛《いと》おしいからじゃない。アタシじゃない誰かのために、思い悩んでいるんだね」

そう言われると、頷くしかない。熊吉は薬種問屋の手代として、多少なりとも病の知識がある。だからこそ、放《ほう》っておけないと思ったのだ。

「アタシはアンタに惚れてるってのに、ひどい男だ。情けすらかけてもらえないなら、もう来なくていいと言ってるんだよ」

「待ってくれよ、お万さん」

「帰れ。つべこべ言わず、さっさと帰れ！」

お万がついに立ち上がり、その場で足を踏み鳴らす。熊吉は慌てて、行商箪笥を胸に抱えた。

「出て行かないなら、大声で人を呼ぶからね！」

「分かった、分かったよ。今日のところは帰るから」

「そうじゃない、二度と来るな！」

お万が握った拳を振りかぶる。当たっても痛くはないだろうが、こんなところで揉《も》め事になるのは勘弁だ。

熊吉は素早く戸を開けて、滑るように表へ出る。

客がいないときは、そのまま戸を開けておくのがお決まりだ。しかしお万が裸足《はだし》のまま土間に下りてきて、ぴしゃりと戸を鎖《とざ》してしまった。

行商箪笥を抱えたまま、熊吉はその場に立ちつくす。月代《さかやき》に、ぽつりぽつりと雨の粒が落ちてきた。

間を置かず、さぁっと全身に水滴が降りかかる。

まるで、さめざめと泣く女のような雨だった。

つゆ草

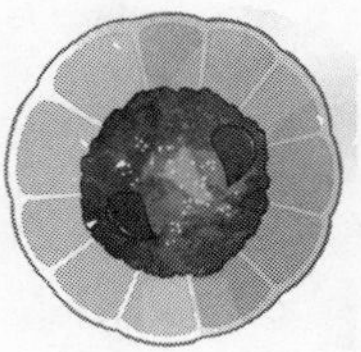

一

艶《つや》やかな黒髪を丹念に梳《す》き、結《ゆ》い上げてゆく。

梅雨《つゆ》の晴れ間とて、開け放しておいた窓からは爽《さわ》やかな風が吹き込んでくる。橘《たちばな》の香りがほんのりと、紛《まぎ》れ込んでいるようだ。

胸いっぱいに息を吸い、お花《はな》は思う。これから先、橘の香りを嗅《か》ぐたびに、この光景を思い出しそうだと。

つぶし島田《しまだ》に結った髷《まげ》に赤い鹿《か》の子《こ》をかけて、手に握っていた櫛《くし》を置く。

「はい、できたよ」

声をかけると、鏡台に向かって座っていたお栄《えい》が振り返った。

「ありがとうございまする！」

張りのある声に呼応するかのように、鶯《うぐいす》のハリオが「ホー、ホケキョ！」と涼《すず》やかに鳴いた。

お栄と共に寝起きしてきた、『春告堂《しゅんこくどう》』の二階である。鶯たちの世話はすでに終え、練《ね》り餌《え》作りに使った擂鉢《すりばち》などは洗って茶簞笥《ちゃだんす》の上に伏せてある。気候がいいので若鳥のヒスイはもちろん、サンゴやコハクものびのびと羽繕《はづくろ》いをしている。

穏やかで、うっかりすると欠伸《あくび》が出そうな光景だ。でもなんてことないこんな一瞬こそ、のちに煌《きら》めいて見えるのだろう。

「本当に、この髪型でよかったの？」

「構いませぬ。町人風の髷を結うのも、これで最後となりますゆえ」

皐月《さつき》一日の、朝である。

お栄が町方で過ごすのを許されたのは、四月いっぱいまで。もうそろそろ迎えがきて、林家《はやし》へと帰ってしまう。その前に、髪を結い直してほしいと頼まれた。

武家風の髷の結いかたなど、お花は知らない。それでも構わないとお栄が言うから、つぶし島田に鹿の子をかけた、結綿《ゆいわた》にした。町娘に人気の髪型である。

町の景色に馴染《なじ》むため、お栄は『春告堂』にいる間は町人風の髪型で通していた。林家に戻ればこの髪も、武家風に結い直されるのだろう。

目に見えずともお花とお栄の間には、身分の垣根がしっかりとある。今日を境にもう二度と、会うことも適《かな》わなくなってしまう。

外は晴れているのに、胸の内はなんだか湿っぽい。視界までじわりと滲《にじ》んできて、お花はいけないと目元を擦《こす》った。

できることならお栄のことは、笑顔で送り出したい。武家として生きると決めた友の門出を、涙で彩《いろど》りたくはないのだ。

はじめはお栄さんのことが、苦手だったのに――。

歳《とし》が同じなだけに、彼我《ひが》を比べて出来の違いに落ち込んだりもした。枕《まくら》を並べて寝るのも気詰まりで、互いに分かり合えることなどないと思っていた。

それなのにいつの間にやら仲良くなり、今は別れがこんなに寂《さび》しい。お栄の明るい笑顔も、見納めだ。

そう思うと、ますます視界が歪《ゆが》んでくる。泣いてたまるかと、お花は顔の真ん中に力を込めた。

「お花さん」

お栄がふふっと、形のよい眉《まゆ》を下げて笑う。お花の顔は、きっと梅干しのようにしわくちゃだ。手を伸ばして、頬《ほお》を撫《な》でてくれた。

「なにかと、お騒がせいたしました。仲良うしてくださって、嬉《うれ》しゅうございましたよ」

「そんな――」

お花は小さく首を振る。自分がおかしな引け目を感じなければ、もっと早く仲良くなれただろうに。悔やんでも、悔やみきれない。

このままでは、我慢の甲斐《かい》なく涙がこぼれ落ちてしまいそうだ。洟《はな》をすり上げたところで、お栄が悪戯《いたずら》っぽく唇《くちびる》の端を持ち上げた。

「お陰様で、おかやさんとも無事に和解ができました」

おかやとお梅《うめ》を呼んで、お別れの会を催《もよお》したのが数日前のこと。そこでおかやは、お栄に無礼な態度を取ってきたことを謝った。

おかやにとってお栄はもはや、恋敵《こいがたき》でもなんでもない。これまでの剣幕が嘘《うそ》のように、しゅんと萎《しお》れ返っていた。

「おかやちゃんはちょっと気性が激しいけど、悪い子じゃないんだよ」

「分かっております。栄のために、『千寿《せんじゅ》さんくらい素敵な人と結ばれますように』と祈ってくれました」

「やっぱり、千寿ちゃんが物差しなんだね」

お花とお梅が菓子の用意をしようと席を外した隙《すき》に、そんな話をしていたのか。なんともおかやらしくて、頬が緩んでしまう。

その拍子《ひょうし》に涙が少しこぼれたけれど、顔だけは笑っていよう。そう思い、お花は

「あはは」と声を上げた。

お栄もまた目を潤《うる》ませながら、微笑《ほほえ》み返してくる。

「お花さんにだけ、伝えておきまする」

そう言って、お花の耳元にすっと顔を寄せてきた。

「実は栄はまだ、師匠《ししよう》になるのを諦《あきら》めておりませぬ」

「ええっ！」

唐突な打ち解け話に、お花はぎょっとして目を剝《む》いた。

それはいったい、どういうことだ。武家の娘として、親の決めた相手に嫁《とつ》ぐと決めたはず。その決意を、今さら反故《ほご》にするというのだろうか。

信じられぬ思いで、まじまじと相手を見返す。当のお栄は、満足げに頷《うなず》いた。

「栄もお花さんも、まだ十六。人生、先は長うございます。子を産み育て、誰《だれ》からも文句を言われないようなお婆《ばあ》さんになれば、また望みはありましょう」

今日のお花は、表情が忙しい。今度はぽかんと、口を開けた。

「そんなこと、できるの？」

「さぁ、どうでしょう。子を立派に育て上げたあとならば、多少の無理は聞いてもらえるのではないでしょうか」

だとしても、まだずいぶん先のこと。それでもお栄は、諦めぬつもりだと言う。執《しゅう》念《ねん》もそこまで続けば、無理も道理になりそうだ。

「互いに白髪頭《しらがあたま》になっているやもしれませぬが、そのときはまた、白酒《しろざけ》でも酌《く》み交《か》わしましょう」

もう二度と会えないと決めつけて、湿っぽくなっていてもはじまらない。前向きなお栄につられ、お花の胸にも光が差す。

「だったら、うんと長生きしなくちゃ」

「はい、それは大事にござりまする」

お栄が右手の小指を立て、差し出してくる。お花もするりと、小指を絡《から》めた。

いつかきっと会おうという、約束だ。白髪頭のお婆さんが二人、差しつ差されつして酔っぱらっている様子を思い浮かべたら、だんだん愉快《ゆかい》になってきた。

「あはははは」

「うふふふふ」

お栄と共に、笑い合う。と、そこへ。

「ホー、ホケキョ！」

なんとも深みのある、鶯の声。その余韻《よいん》が残っているうちに、二人揃《そろ》ってハッと籠《こ》桶《おけ》を顧《かえり》みた。

「今の、ヒスイ?」

「ええ、間違いなくヒスイです!」

三月ごろから少しずつ、歌がうまくなっていると感じていた。ハリオの声を手本にして、試行錯誤《さくご》を重ねてきたのだ。

只次郎《ただじろう》だって、「これなら鳴き合わせの会に出しても、いいところまでいくだろう」と認めていた。

でもあと一歩、ハリオの声には及ばない。その「あと一歩」の壁が、並の鶯には越えられない。

そこで長らく足踏《あしぶ》みをしていたから、もう無理かと思っていたけれど。今の鳴き声は幽玄《ゆうげん》の響きを備えるハリオと、遜色《そんしょく》のないものだった。

まさかと思って目を見開いていると、もう一度。

「ホー、ホケキョ!」

ヒスイが口を開け、のびのびと歌い上げた。ついに喉《のど》が仕上がったのだ。

「大変!」

「叔父上《おじうえ》に、知らせましょう」

お栄と顔を見合わせ、頷き合う。只次郎は、隣の『ぜんや』にいるはずだ。二人して大慌てで立ち上がり、足音も気にせず階段を駆け下りた。

「まさかヒスイが、ルリオ調を引き継いでくれるとは！」

先ほどの鳴き声がヒスイのものだったと知り、只次郎は感極まった声を上げた。すぐさま『春告堂』の二階へと向かい、鳴き声を確かめるなり、「ああ」と呟《つぶや》いてその場にへたり込んでしまった。

先代のルリオから息子たちへと、引き継がれてきた美声である。三羽いた兄弟も、今やハリオを残すのみ。そのハリオも高齢で、ルリオ調は早晩途絶《とだ》えるものと思われた。

只次郎は、鶯指南を廃業する覚悟を固めていたはずだ。ハリオの体を気遣って、今年は鳴きつけの鶯を預かることもやめていた。

それだけに、喜びもひとしおである。腰が抜けたのか這《は》うようにしてヒスイに近づき、籠桶に頬ずりをした。

「やった、でかしたぞヒスイ。ふは、ふはははは！」

笑い声が上ずって、恐ろしいくらいである。続いて只次郎は、お花を見返った。

「お花ちゃん、ヒスイを拾ってきてくれてありがとう。いくら礼を言っても、足《た》りないくらいだ！」

「う、うん。よかったね」

そこまで感謝されるようなことはしていないと、お花は思う。柳森稲荷《やなぎもりいなり》に落ちていた卵をたしかに拾いはしたけれど、そのままでは死んでいたはずだ。サンゴがそれを温めて、孵《かえ》った雛《ひな》を只次郎が大事に育てた。

ヒスイはその恩に、報《むく》いようとしたのかもしれない。ハリオの声をよく聴いて、少しずつ近づけていった。そしてようやく、この日を迎えたのである。

「ようございました。別れ際に美声を聴かせてもらい、重畳《ちょうじょう》にござります る」

お栄も『春告堂』に寝起きするようになってからは、慣れた手つきで鶯たちの世話をしていた。間もなくお別れというときに、なんとも粋《いき》なはなむけである。それもまた、ヒスイの心意気だろうか。

「俺《おれ》はちっとも、よかぁないけどな」

そう言って不貞腐《ふてくさ》れたように腕を組んでいるのは、元吟味方与力《ぎんみかたよりき》の柳井《やない》様だ。着流し姿に羽織《はおり》を引っかけ、座敷の入り口に佇《たたず》んでいる。

お栄と共に『ぜんや』へ只次郎を呼びに行くと、このお人が小上がりに座っていた。

可愛《かわい》い孫娘を見送ろうと、朝早くから来ていたのである。

「お栄が出奔《しゅっぽん》してきてると知ってりゃ、『ぜんや』に日参したのによ。間もなく帰るとなってから知らせてくるたぁ、なにごとだ」

いかにも不満そうに、柳井様が顔をしかめる。そんな表情にも、渋みがある。

「そうなると思ったから、言わなかったんですよ」

「なんだと？」

柳井様に睨《にら》まれて、只次郎は首をすくめる。

「まぁまぁ、お爺々上《じじうえ》」と、お栄が鷹揚《おうよう》な身振りで間に入った。

「こうしてお目にかかれて、栄は嬉しゅうございます。もっとゆっくり、お話ししとうございました」

「ああ、お栄。本当に、大きくなったなぁ」

柳井様の眼《まなこ》が、じわりと潤む。お栄は八つで大奥に上がったというから、それ以来会っていなかったはず。成長した姿に、胸がいっぱいになったようだ。

「なぁもうちょっと、ここにいちゃあどうだ。お葉《よう》には、俺がよく言って聞かせるからよ」

「おそらくお爺々上では、母上を言いくるめるのは無理と存じまする」

「言うじゃねぇか。そのとおりだよ」

お栄の母親であるお葉は、柳井様の娘だ。実の父親ですら、頭が上がらぬようである。事情をよく知らぬお花にも、力関係が透《す》けて見えた。

「家に帰れば、縁談が待ってんだろ。なぁ、やめとけよ。そんなもん、撥《は》ねのけちまえ」

「駄々《だだ》をこねないでくださりませ。子供ではないのですから」

ほんのふた月前までお栄こそが、子供のような駄々をこねていたというのに。もうすっかり大人びて、無茶を言う祖父を宥《なだ》めている。

お花は右手の小指を、そっと撫でた。指切りの感触が、まだ残っている。お栄の覚悟を受け取った者として、自分も強くあらねばと気を引き締めた。

表の通りから、「えっさ、ほいさ」と駕籠《かご》舁《か》きの声がする。そのまま通り過ぎてほしいと願ったが、どうやらお隣の『ぜんや』で止まったようだ。

しばらくするとお妙《たえ》が、「お迎えがきましたよ」と呼びにきた。

二

「えっさ、ほいさ」の掛け声のたびに、お栄の乗る駕籠が揺れる。

そのすぐ後に、林家の下男である亀吉《かめきち》と、黒羽織を着た只次郎がつき従う。お花と柳井様もしばらくは、未練がましく歩を進めた。

仲御徒町《なかおかちまち》へと向かう駕籠は下谷御成《したやおなり》街道を北上し、広小路の手前で東へ折れる。その曲がり角で春慶塗《しゅんけいぬり》の駕籠の引き戸が開き、お栄が顔を覗《のぞ》かせた。

「ここまでで、結構です。お爺々上もお花さんも、ありがとうございました」

目的地は、もうすぐそこだ。林家の拝領屋敷まで、ついて行ってしまうところだった。

お花はその場で足を止め、大きく手を振る。

「うん、またね」

「はい、また！」

さようならとは、言わなかった。

兄の重正《しげまさ》に呼ばれているという只次郎は、そのまま駕籠についてゆく。お花は柳井様と共に、駕籠が見えなくなるまで見送った。

「さて、戻るか」

柳井様に促され、お花は「うん」と頷く。いつまでも、こんなところに突っ立っていてもしょうがない。

早く『ぜんや』に戻って、今日の仕込みを手伝わなければ。

そう思うのに、お花の足取りは重かった。柳井様と言葉も交わさず、足元ばかり見てしまう。実母のお槇《まき》に捨てられたときですら、こんなに心細くはなかった。

「あっ、露草《つゆくさ》」

道端に生えている雑草に、ふと目を留める。小さな青色の花が、群れるように咲いている。

「これ、美味《おい》しいんだよね。昔、よく食べた」

下谷山崎町《やまざきちょう》に暮らしていたころのことが、胸によぎる。あの界隈《かいわい》の住人は皆貧しくて、そこらへんに生える草花まで根こそぎ食べていた。

中でも人気があったのは、この露草だ。食べづらいクセやアクがなく、新芽は特に歯触りがいい。あのころは、めったに口に入らぬご馳走《ちそう》だった。

「へぇ、そりゃ知らなかった。ちょっと摘《つ》んでくか」

「うん。上のほうの、柔らかいところだけ千切《ちぎ》るといいと思う」

このあたりでは誰も露草など食べないらしく、のびのびと茂《しげ》っている。下のほうの葉は大きく、いかにも固そうだった。

柳井様と共にしゃがみ込み、お花は美味しそうなところをぷちぷちと千切ってゆく。青い花は可憐《かれん》で、少しばかり活《い》けておくのもよさそうだ。

「どれ、こんなもんか」

「充分だね」

両手いっぱいに露草を摘んで、立ち上がる。幼いころなら、狂喜乱舞していたに違いないほどの収穫である。

うら寂しい帰路が、少しばかり明るいものになった。下駄《げた》をカラコロと鳴らしながら、来た道を引き返してゆく。

「それで、これはどうやって食うんだ。天麩羅《てんぷら》か？」

「えっ、そのままだけど」

押しなべて貧しい下谷山崎町の住人に、天麩羅用の油など用意できるはずがない。ましてお花の家はお槇が酒ばかり飲むせいで、薪炭《しんたん》にも事欠くありさまだった。

だからさっと洗って土や虫を落としたら、生のままむしゃむしゃ食べる。たいていの草は苦かったり臭かったり、細かな毛が舌に絡みついたりするのだが、露草はシャキシャキとして美味しかった。

そう告《つ》げると柳井様は、なぜかしばらく押し黙った。注がれる眼差《まなざ》しに、憐《あわれ》みの色が滲んでいる気がする。

「分かった、お妙さんに料理してもらおうな」

生のままという食べかたは、やんわりと退《しりぞ》けられたようである。


「あら、露草！」

『ぜんや』に帰ってみると、お妙はすでに調理場に入り、鰹節《かつおぶし》で出汁《だし》を引いていた。魚や青物の棒手振《ぼてふ》りが来たあとらしく、見世棚《みせだな》には烏賊《いか》に隠元《いんげん》、豆腐に木の芽《こ》に小鯵《あじ》と、様々な食材が並んでいる。お花はそこに、露草の束をそっと置いた。

「お花ちゃんから、食べると旨《うま》いと聞いて摘んできたんだが――」

柳井様はまだ、半信半疑の様子である。探るように、お妙に尋《たず》ねた。

「ええ、お浸《ひた》しにすると美味しいですよ」

「ふむ、そりゃあいい」

「お作りしましょうか？」

「そうだな、味見がしてみたい」

お花も露草を、お浸しにしたことはない。どんな味がするのだろうと、気になった。

「じゃあお花ちゃん、裏の井戸でさっと洗ってきてくれる？」

「あ、ちょっと待って」

その前に、少し取り分けて湯吞《ゆの》みにでも飾《かざ》ろうと思った。さりげない花だから、活けかたも仰々《ぎょうぎょう》しくないほうがいいだろう。

「飾るの？　でも露草の花は、お昼には萎《しぼ》んでしまうわよ」

「えっ、そうなの？」

知らなかった。なにせ下谷山崎町では、花がつく前に食べられていたものだから。

「残念。せっかく綺麗《きれい》な青色なのに」

そんなに儚《はかな》い花だったとは。お花はしょんぼりと、肩を落とす。

「色だけなら、残せないこともないわよ」

「どういうこと？」

お妙はふふっと笑ってみせる。お花の問いかけには答えずに、作りつけの棚から砂糖壺《つぼ》を取り出した。

「お塩でもいいんだけど、せっかくだから甘いのにしましょう」

などと言いながら、小鉢にさらさらと白砂糖を盛る。なにを思ったか、お妙はそこへ露草の花弁を千切って入れた。

「こうやって、花弁を潰《つぶ》すようにして揉《も》むと――」

人差し指の腹で花弁を潰し、白砂糖と混ぜてゆく。するとたちまち、砂糖が鮮やかな青に染まった。

「えっ、すごい。なんで！」

思わず知らず、声が裏返る。隣で見ていた柳井様が、「ほほう」と顎《あご》を撫でた。

「あれだな、『月草に衣《ころも》は摺《す》らむ朝露に濡《ぬ》れてののちはうつろひぬとも』」

「なにそれ、呪文《じゅもん》？」

「万葉集《まんようしゅう》だな」

ということは、大和歌《やまとうた》か。心得のないお花には、ちんぷんかんぷんである。

「露草は花の色がよく染みつくから、昔は『つき草』と呼ばれていたの。それに、月の字を当てたのね」

首を傾《かし》げていると、お妙が解説してくれた。

露草の青は染まりやすい代わりに、水に濡れると簡単に色が落ちてしまう。それゆえに、移ろいやすい人の心にたとえられることが多いという。

「そのまま訳すと、『月草色に衣を摺って染めよう、たとえ朝露に濡れて色が褪《あ》せてしまおうとも』ってところだけどな。多情な人と分かっちゃいても、一夜かぎりでも一緒にいたい。そんな気持ちを詠《よ》んでいるんだろうよ」

しかし柳井様が教えてくれた歌の意味は、お花にはよく分からない。一夜かぎりでいいなんて、虫のよすぎる話である。

「あんまり、いい歌じゃないね」

と言いながら、自分でも花弁を千切って砂糖に散らし、潰してみる。

露草の花は柔らかく、青い色彩だけを残してほとんど跡形もなく消えてしまう。その色を、白い砂糖が吸って鮮やかに染まるのだ。

「すごい。面白いね、お栄さ――」

あたりまえのように傍《かたわ》らを振り返り、そこにもう友がいないことを悟《さと》る。華やいだ気分が、くたりと萎れるのが分かった。

励《はげ》ますように、柳井様が肩をとんとんと叩《たた》く。

「なぁ、お花ちゃん。一杯飲んでくから、簡単なつまみを出してくれよ」

「まだ、朝五つ（午前八時）前だよ」

「固いこと言うなって。飲まなきゃやってられねぇよ」

柳井様はすでに、隠居の身。朝から酒を飲んだって、誰に見咎《みとが》められるわけでもない。お栄との再会もつかの間で、まっすぐ帰る気にはなれないのだろう。

だが『ぜんや』が店を開けるまでには、ずいぶん間がある。いいのだろうかとお妙の顔を窺《うかが》うと、にっこりと頷き返された。

「お酒は一合、二合？」

「ひとまず二合つけておくれ」

「分かった」

やるべきことがあると、気が紛れる。まずは、銅壺《どうこ》に湯を沸《わ》かさなければ。その間に、裏の井戸で露草の葉を洗ってこよう。

柳井様が草履《ぞうり》を脱《ぬ》ぎ、小上がりに落ち着く。お花は帯の間から襷《たすき》を取り出し、袖《そで》をまとめてキュッと締めた。

三

今日の献立《こんだて》とは別に、すぐに出せるつまみを考えてみる。

まずは昨日のうちに漬けておいた、小茄子《こなす》の蓼《たで》漬け。皮の柔らかい小茄子と蓼の葉を交互に重ね、塩水で漬けたものである。

ひと晩しか経《た》っていないから漬かりは浅いが、茄子も蓼も色が悪くなっていない。それを小鉢に盛って、燗《かん》のついたちろりと共に小上がりに運ぶ。

「ありがとうよ。露草は？」

「待ってね。今作る」

調理場では、お妙が烏賊を捌《さば》いている。竈《かまど》が一つ空《あ》いていたから、お花はそこで湯を沸かしはじめた。

「青菜を茹《ゆ》でるのと一緒でいいの？」

「ええ、平気よ」

ならば、煮立った湯に塩を少々。そこへ水洗いした露草を、どさりと入れる。箸《はし》で搔《か》き回すとたちまちくたりとなって、嵩《かさ》が減るのも青菜と同じだ。

茹ですぎぬうちに笊《ざる》に空け、水にさらしてキュッと絞る。それをほどよい大きさにザクザク切り、醬油《しょうゆ》で軽く和《あ》えてみる。

「あ、美味しい！」

味見をして、驚いた。さっと湯搔いたことでぬめりが出て、味つけの醬油とよく馴《な》染《じ》む。青物屋で売っている蔬菜《そさい》と比べても、遜色のない味わいである。

「本当だ、旨《うめ》ぇ！」

小上がりに出してみると、柳井様もひと口食べるなり膝《ひざ》を打った。

「こりゃあ、胡麻《ごま》和えや煮浸しでもよさそうだな」

「本当だね。また採ってこなきゃ」

さっき摘んできたぶんは、すべて醬油で和えてしまった。露草なら、探せばそこらじゅうに生えているはず。いずれ他の味つけも、試してみることにしよう。

「あとこの、茄子も旨いな。蓼の辛みがいい塩梅《あんばい》だ」

そういえば蓼の葉も、お花が川原で摘んできた。図《はか》らずも、摘み菜料理が続いてしまった。

蓼の風味で酒が進んだらしく、柳井様の盃《さかずき》が空《から》になっている。ちろりの酒を継《つ》ぎ足しながら、尋ねてみる。

「お魚は、生り節ならあるんだけれど」

「いいじゃねぇか。好物だよ」

初物が出回る時期には目の玉が飛び出るような値がついていた鰹も、すっかり買い求めやすい値段になった。そのせいで、昨日はちょっと余分に買いすぎた。

身を厚めに切って刺身で出しても、まだ余るほど。赤身の魚は足が早いから、味が悪くなる前にと、生り節にしておいたのだ。

鰹の身を蒸して、半日ほど干しておいたものである。すでに火が入っているから、ほぐして和え物などにしてもいい。

ならば、胡瓜《きゆうり》と合わせて酢の物にしてみようか。お花は調理場に戻り、見世棚に並ぶ食材の中から胡瓜を選んで手に取った。

「お花ちゃん、それは駄目よ」

「どうして？」

「柳井様は、お武家様でしょう」

「あ、そっか！」

お妙に窘《たしな》められて、はたと気づく。

お武家様は、胡瓜を食べない。なんでも輪切りにした断面が、公方様《くぼうさま》の葵《あおい》の御紋に似ているからだという。

うっかりしていた。武家の出である只次郎が、町人の身分になったのをいいことに、なんでも喜んで食べるせいである。

気をつけなければ。柳井様はともかく、知らないお侍に胡瓜など出してしまったら、うっかりでは済まないところだった。

「それに、そろそろ温かいものをお出ししたほうがいいんじゃないかしら」

「――たしかに」

胡瓜を置いて、お花は「ううん」と唸《うな》る。

自分はまだまだ、思慮《しりょ》が足りない。料理はひと品ずつの味だけでなく、他との組み合わせも大切だ。お妙に指摘されなければ、和え物が続くところだった。

「豆腐を少し、もらってもいい？」

「ええ、どうぞ」

簡単なつまみはすでに出してあるから、少しくらい手間がかかってもいいだろう。炊《た》き合わせにしようと決めて、お花は生り節を厚めに切り分けた。

その身を笊に並べ、熱々の湯を回しかける。これをしておかないと、煮たときに臭みが出てしまう。

爽やかな香りがして顔を上げてみれば、お妙が木の芽を擂鉢であたろうとしていた。さっと茹でた烏賊を、和えるつもりらしい。擂《す》り潰してしまう前に、飾り用に一枚拝《はい》借《しゃく》した。

鰹出汁を醤油と味醂《みりん》で味つけし、生り節を煮てゆく。その煮汁を少し取って、豆腐も煮るのだ。

うん、おっ母《か》さんの魚の煮つけは、だいたいいつもこのにおい。醬油などの匙《さじ》加減は、香りを思い出しながら。お花の場合は舌よりも、鼻に頼ったほうが間違わない。

甘辛いにおいの湯気が、調理場に漂っている。胸いっぱいに吸い込んだところで、表の戸がするりと開いた。

只次郎にしては、帰りが早い。誰かと思い首を巡らせてみると、行商簞笥を背負《せお》った熊吉《くまきち》が立っていた。

「そうか。お栄さんはもう、帰っちまったか」

小上がりにかけて龍気補養丹《りゅうきほようたん》の売り上げを数えながら、熊吉が残念そうに息をつく。お栄に別れの挨拶《あいさつ》をするつもりで、いつもより早くやって来たらしい。だがそれよりも、林家からの迎えの駕籠のほうが早かった。

「残念だったね。あと半刻《はんとき》（一時間）早ければ会えたのに」

生り節と豆腐の炊き合わせに木の芽をあしらい、柳井様の膝先にそっと置く。その様子をちらりと見て、熊吉は肩をすくめた。

「それで柳井様は、自棄酒《やけざけ》を食らってるってわけか」

「うるせぇ。可愛い孫にちょっとしか会えなかった爺《じじい》の気持ちが、お前に分かるか」

「ほどほどにしといてくださいよ。朝酒は効《き》きます」

「生ァ言いやがって。生は生でも、この生り節は旨ぇな！」

出された料理にさっそく箸《はし》をつけ、柳井様が舌鼓《したつづみ》を打つ。酒を注ぎ足してやろうとちろりを手に取れば、驚くほど軽くなっていた。

「柳井様、お酒は？」

「おう、あと一合つけてくんな。熊吉も、こっちに来て飲め」

「無茶言ってやがる。仕事中ですよ」

酒はほどほどにという熊吉の忠告は、さっそく無視されている。お花はちろりの中身を注ぎきってから尋ねた。

「熊ちゃんは、なにか食べる？」

「いや、昼にはずいぶん早いからな」

「ご飯だけでも炊きましょうか。今日はぎば飯よ」

やり取りを聞きつけて、調理場のお妙が口を挟む。

ぎば飯は塩茹でした隠元豆を小口に切り、塩で揉んだものを飯に混ぜ込む。塩気があるため、握り飯にして持ち歩くにもちょうどいい。それがあるだけで、立派な昼飯になる。

「そりゃあいいな。どうしようかな」

「炊いてもらえ。仕事熱心なのはいいが、お前さんなんかちょっとやつれてるぞ」

それはお花も、気になっていたところ。近ごろ熊吉は、元気がない。仕事とは別に只次郎を訪ねてきて、『春告堂』でなにやら話し込んでいたのは三日前のことである。

なにか、悩みでもあるのだろうか。体は大きいのに、熊吉は案外苦労性だ。思い詰めると、食が細くなってしまう。

そのくせ弱みは見せたくないものだから、

「そうですか。ちょっとばかり、腹を下しちまってるせいかもしれませんね」

などと言ってすっとぼける。

只次郎からなにか聞いているのか、お妙が訳知り顔に米を研《と》ぎはじめた。

お花は空になったちろりに酒を一合注いで、銅壺に沈める。熊吉の悩みは、仕事にまつわるものだろうか。だとしたら、なにもしてあげられない。俵屋《たわらや》ほどの大店《おおだな》の商《あきな》いが、どういうものか分からないのだ。

それでもせめて、元気づけたいと思ってしまう。

「ねぇ熊ちゃん、見て見て」

見世棚に置いてあった小鉢を手に、お花は熊吉に近づいてゆく。先ほどの、露草で染めた砂糖である。

「なんだこりゃ、綺麗だな」

「舐《な》めてみて」

「食えるのか？」

熊吉が青い粒を指先にちょんとつけ、ぺろりと舐める。そのとたん、ぎょっと目を見開いた。

「びっくりした、甘ぇ！」

うふふふふと、お花は笑う。してやったりだ。

「すごいでしょう。これ、露草の花で染めてるんだよ」

「ああ、そうか。なるほど」

露草の色が染まりやすいことは、もともと知っていたらしい。種明かしをしてやると、熊吉はすんなりと飲み込んだ。

「もっと、驚くかと思ったのに」

「露草は、生薬《きぐすり》にもなるからな。乾かしたものが、熱冷ましなんかに用いられる。あと花の絞り汁は、腫《は》れ物に効くとも言われている」

そうだった。たいていの草花は、生薬になる。薬種問屋に奉公する熊吉が、詳しいのはあたりまえだ。

「でも、白砂糖を染めるとは驚いた。綺麗なもんだな」

熊吉がまじまじと、小鉢の中を覗き込む。

発案者はお妙なのに、褒《ほ》められると気持ちがいい。お花は「でしょう」と目尻《めじり》を下げる。

「なぁこれ、分けてくれないか」

「えっ？」

床几《しょうぎ》に座る熊吉が、希《こいねが》うように見上げてきた。言葉の中身よりも、眼差《まなざ》しの切実さにお花は驚く。

「頼む、ちょっとでいいから」

「構わないけど、どうしたの？」

白砂糖はたしかに貴重だが、庶民が手を出せないほどではない。なぜこんなにも、熊吉は必死なのだろう。

わけが分からず、お花は助けを求めて回りを見回す。ちょうど柳井様と、目が合った。

柳井様は片膝を立て、手にしていた盃をくいと干す。それから熊吉に向かって、こう尋ねた。

「――女か？」

四

大の男が必死の形相《ぎょうそう》になるわけは、金か女のどちらかだ。

そう言って、柳井様はからからと笑った。

図星を突かれたらしく、熊吉は顔をしかめて黙り込んだ。意中の人に、青い砂糖を贈りたかったのだろうか。

それって、白粉《おしろい》の君？

お花はぽかんとして、熊吉と柳井様を見比べる。なにを思い詰めているのか、熊吉は苦しげに眉《まゆ》を寄せると、吐き出すようにこう言った。

「ねぇ、柳井様。唐瘡《とうがさ》の女が春を売らないよう、御番所で取り締まれないんですかね」

「なんだよ、藪《やぶ》から棒に。お前さんの女は、女郎なのか」

「オイラの女ってわけじゃねぇけど、切見世《きりみせ》にいます。明らかに唐瘡の症状が出てるのに、客を取り続けてるんですよ」

「そりゃあそうだろう。女郎は抱え主に借金があるからな。それを返さずに辞められたら、大損だ。まして御番所が出しゃばっちゃ、吉原《よしわら》の忘八《ぼうはち》だって黙っちゃいまいよ」

忘八というのは、女郎屋の主《あるじ》のことか。戸惑《とまど》うばかりで、お花は口を挟めない。

「お上がその気になりゃ、できるでしょう」

「無理だな。仮に取り締まれたとしても、稼《かせ》ぐ術《すべ》を失った女たちはどうする。女郎屋を追い出されたあとは、夜鷹《よたか》になるのが関の山。どのみち病を広げちまう。夜鷹狩りをしたって、見せしめにもならねぇしな」

「それは、そうかもしれねぇけど」

「女を金で買う男がいるかぎり、防ぎようのない病だ。お前さんの女に客を取るのをやめさせたところで、蔓延《まんえん》が止《や》むこたぁない」

「でも病が広がると分かってて、見過ごすなんて――」

「なら女を請《う》け出して、面倒を見てやれ。それで気が済むんならな」

「くそっ。それができりゃ世話ねぇよ」

熊吉が悔しげに、唇を噛《か》む。

お花は女郎屋の仕組みに詳しいわけではないが、女を請け出すにはまとまった額の金が必要なことくらい分かる。商家の奉公人にすぎない熊吉に、そんな甲斐性がないことも。

いやその前に熊吉は、なぜ女郎の話などしているのだ。つまりそういう場所に、通っているということか。

「白粉の君って、女郎なの？」

気づけばぽつりと、呟《つぶや》いていた。

熊吉がハッと息を呑み、お花を見上げる。傍らに立っていることを、今の今まで忘れていたようである。

「その人のことが、好きなの？」

「違う、そうじゃねぇ」

「好きでもないのに、通ってるの？」

同じ女の元に何度も通っているなら、少なくとも好意はあるはずだ。そうじゃないと言われても、納得できない。

「友達なんだよ。後《うし》ろ暗いことは、なにもしてねぇ」

本当だろうか。熊吉の袖からは、白粉のにおいが強く香ったことがある。ただ顔を合わせて話をしていただけなら、移り香はあんなに残らない。なにもしていないというのは、無理があるのではなかろうか。

「でも――」

「ちょっと、黙ってろ。お前に混ぜっ返されると、話がよけいややこしくなる！」

頭ごなしに、怒鳴《どな》りつけられた。お花は信じられぬ思いで、目玉を剝《む》いた。

子供のころから熊吉は、お花の問いにはでき得るかぎり答えてくれた。文字や世の中の仕組みなどを、教えてくれたこともある。自分の名すら書けぬお花に、根気強くつき合ってくれたではないか。

それなのにちょっと分が悪くなったからって、声を荒らげて相手を黙らせようとするなんて。そんな卑怯《ひきょう》な人間だとは、思ってもみなかった。

腹の底が、炎で炙《あぶ》られているかのようだ。ふつふつと血が煮えて、こめかみまで熱くなる。

「あげる！」

怒りに任せ、お花は手にしていた小鉢を突き出した。

「なんだよ、いきなり」

「小鉢ごとあげるから、持っていけば！」

綺麗で珍《めずら》しい、青色の砂糖。病だという女郎の目を楽しませるために、熊吉はこれを所望《しょもう》したのだろう。だったらそっくりそのまま、くれてやろうと思った。

「なに怒ってんだよ」

「怒ってない」

「どう考えても、怒ってるだろうがよ」

熊吉がいっこうに手を出そうとしないから、お花は小鉢を床几に置いた。青い砂糖など、見せてやらなければよかった。

「おい、お花！」

口をきくのも面倒になり、熊吉が呼び止めるのも聞かず調理場に引っ込んだ。

「大丈夫？」

土鍋《どなべ》を七厘《しちりん》にかけながら、お妙が気遣わしげに声をかけてくる。

なんと答えていいのか分からず、お花は唇を尖《とが》らせた。だが続いて問われたのは、まったく別のことだった。

「銅壺のちろり、入れっぱなしじゃない？」

「あっ！」

そうだった。柳井様に頼まれた、追加のお酒。

ちっとも大丈夫ではなかった。

酒は温めすぎると、香りが飛ぶ。まして今日のような梅雨の晴れ間に、誰が熱々の酒を飲みたいと思うものか。

「すぐやり直す」と恐縮するお花を柳井様は笑って許し、構わずその酒を飲んでいる。詫《わ》びの印としてもう一品、烏賊の足を揚《あ》げて出した。

熊吉も床几から小上がりに移り、柳井様と小声でなにごとかを話し合っている。調理場から耳を澄《す》ましても、煮炊きの音が邪魔をして聞き取れない。内容が分からないからなおのこと、熊吉の神妙な様子が鼻につく。

「お花ちゃん、ぼんやりしないで」

小上がりばかり気にしていたら、ついにお妙に叱《しか》られた。南蛮《なんばん》漬けにしようと、小鯵を捌《さば》いているところだった。

包丁を握っているときは、手元に集中しなければ。料理の手伝いをはじめたころから、何度も言われてきたことである。

「ごめんなさい」

特に鯵のゼイゴは硬く、取り除くときに怪我《けが》をしやすい。組板《まないた》の上に視線を戻し、尾鰭《おびれ》側から慎重に包丁を入れてゆく。

「おっ母さんは、知ってたの？」

どうしても気になって、尋ねてしまった。手元からは、決して目を離さなかった。

「そうね、只さんも相談されたらしいから」

三日前の訪問は、やはりその件だったのか。

「ふぅん」と、お花は嘯《うそぶ》く。声が裏返り、ぎこちない感じになってしまった。

しばらくはそのまま、鯵を捌いてゆく。小鯵だから鰓《えら》をつまんで引くと、腸《はらわた》もついてきてするりと抜ける。それから尾鰭と背鰭も、口当たりがよくなるよう取り除く。

黙々と作業を続けていると、お妙が蒸らしていた土鍋の蓋《ふた》を開けた。炊きたての米の香りが、湯気とともに広がった。

「熊ちゃんのおむすび、作る？」

「今、手が魚臭いから」

いつもなら張りきって作業を代わるところだが、もっともらしい理由をつけて断った。「熊ちゃんのおむすびなんか、誰が握ってやるもんか」というのが本音だった。

お妙は「そう」と頷くと、刻んだ隠元豆を飯に混ぜ込む。手に水をつけて、指先を真っ赤にしながらたちまち大きな握り飯を三つ作った。

それを竹の皮に包み、紐《ひも》をかける。青い砂糖も小鉢のままでは持ち歩きが難しいと思ったか、手早く油紙に包んでしまった。

「熊ちゃん、おむすびできたわよ」

「ああ、すまねぇ。ありがとう」

小上がりの熊吉が、顔を上げる気配がする。お花はことさらに、鯵を捌くのに専念した。

「柳井様も、すまねぇ。オイラ、そろそろ行かないと」

「そうだな、俵屋の旦那《だんな》に叱られちまうな」

いつまでもこんなところで、油を売っていられない。熊吉は立ち上がり、帰り支度《じたく》をはじめたようだ。下駄を履《は》き、床几のあたりでなにやらごそごそと動いている。

「はい、どうぞ」

「おお、まだあったかいな。嬉しいよ」

続いて見世棚の前で、お妙から握り飯を受け取った。それと共に、砂糖の包みも渡されたのだろう。

「お花、もらってくぞ」

声をかけられたが、お花は無視を決め込んだ。

返事がなくとも、取り合わないことにしたらしい。熊吉はそれ以上お花に話しかけず、行商箪笥を背負って表に出ていった。去り際に「じゃあ、また」と言い残したのは、お妙への挨拶だろう。

お花は表戸のほうには目も向けず、ただ黙々と小鯵を料理し続ける。

魚の血にまみれた指先で、べりべりと背鰭をむしり取った。

饂飩粉《うどんこ》をまぶした小鯵を油でじっくりと揚げ、南蛮酢に浸してゆく。

酢に漬けておくと日持ちがするから、かなりの量を揚げた。南蛮酢は米酢三に対し、煮切り酒二の割合だ。すべて漬け終えてから、小口に切った唐辛子《とうがらし》をぱらりと散らす。

「ちょっと、一服しましょうか」

今は何刻だろう。料理に打ち込んでいたせいで、分からない。お妙が番茶を淹《い》れてくれ、お花は前掛けで手を拭《ぬぐ》いながら頷いた。

「お疲れさん」

柳井様が小上がりから、手招きをしている。こちらも酒から茶に切り替えたようだ。お妙が茶請けに梅干しを運んでいった。

小上がりの縁《へり》にかけ、熱い番茶を啜《すす》る。湯気が顔を蒸らし、鼻先が少し湿った。

しばらくそのまま黙っていたが、柳井様はなにも言わない。我慢できず、自分から尋ねていた。

「熊ちゃん、なんて?」

「なにがだい?」

「女の人のことを、相談していたんじゃないの」

「相談されたって、どうにもできやしねぇよ。あいつは真面目《まじめ》すぎるんだな」

柳井様が、剽《ひょう》げるように肩をすくめる。そんな軽やかな気分になれず、お花は大きく顔をしかめた。

「真面目なら、女郎買いなんかしないでしょう」

「そんなこたぁない。江戸の男で女郎を買ったことのない奴《やつ》なんざ、ほとんどいねぇだろう」

「お父《とっ》つぁんも?」

「ああ、まぁ。それはどうだろうな」

お妙の顔を見て、柳井様の目が白々しく泳ぐ。この様子からすると、おそらく買ったことがあるのだ。

「信じられない！」

吐き捨てるような口調になってしまった。お妙は知っていたのか、曖昧《あいまい》な笑みを浮かべながらお花の膝先にも梅干しの小皿を置いた。

「お妙さんに会うより、前のことだぞ」

「それでも嫌だ。お父つぁんや熊ちゃんは、そんなことしないと思ってた」

お金で女の人を、買うなんて。お花だって一歩間違えれば、女郎屋に売られていたかもしれないのだ。自分の体に値がつけられて、大根や葱《ねぎ》のように売り買いされるなんて、考えただけでもぞっとする。

「いや熊吉は、手を出しちゃいねぇみたいだぞ。病持ちの女郎を買ったならあいつにもうつってるかもしれねぇが、『それはない』とはっきり言いやがった。そこは信用していいだろう」

「だったらどうして、女郎屋に出入りしているの？」

「さぁ、それは知らねぇけどさ」

熊吉は、青い砂糖を持っていった。外回りのついでに、今日も女郎屋に寄るつもりなのだろう。つまり、仕事を怠《なま》けているのだ。俵屋の旦那のことまで、裏切っている。そんなにも、女の喜ぶ顔が見たいのだろうか。胃もたれでも起こしたかのように、胸の中がむかついてきた。

「さっきの歌、なんだっけ」

「歌？」

「月草がどうこう、ってやつ」

「ああ、『月草に衣は摺らむ朝露に濡れてののちはうつろひぬとも』か？」

「うん、それ」

男の不実を、詠んだ歌。露草のように染まりやすく、また色褪せやすいその心を、詠み手の女は許している。

「私はそんなの、許したくない」

惚《ほ》れた腫《は》れたに振り回されるくらいなら、男の人のことなど好きにならなくていい。友達のお梅は結納《ゆいのう》を終えたし、お栄には近々縁談が持ち込まれるのだろうけど、お花は独《ひと》り身のほうがよっぽど気楽だ。

「たぶん夫婦《めおと》になりたい『好き』も、分からないままだと思う」

もはや男の人の、なにを信じていいのか分からなかった。そう宣言すると、お妙が困ったように眉を下げた。

「でもお花ちゃん、この歌は詠み人知らずだから、詠み手は男の人かもしれないわよ」

「えっ、そうなの？」

だとすると、話が変わってくる。ようするに女の心も、移ろいやすくあやふやだということか。

ますますもって、惚れた腫れたが分からなくなってきた。まさしく露草で染めた、砂糖のようだ。美しくて口に入れると甘いのに、たちまち溶《と》けて消えてしまう。そんなものが、信用に足るわけがない。

ますます胸が、むかむかしてきた。梅干しは、胸やけに効くという。紫蘇《しそ》で赤く染まったそれをつまみ上げ、丸ごと口に放《ほう》り込んだ。

強烈な酸味が、口の中にじわりと広がる。お花はまさに梅干しのように、顔をくしゃくしゃにして呟いた。

「酸《す》っぱ！」

豆腐飯

一

暑い暑いと思っていたら、いつの間にか六月も半《なか》ばに差しかかろうとしていた。

梅雨《つゆ》が明けたのはありがたいが、お天道様《てんとさま》は地上に生きるものすべてに容赦《ようしゃ》なく照りつける。日陰《ひかげ》に入ったところで湿気が多く、噴き出る汗が止まらない。

懐《ふところ》から取り出した手拭《てぬぐ》いで、首元を拭う。外回りの最中に幾度となく使ったせいで、手拭いはすでに湿っており、汗臭い。

「水で濡《ぬ》らしてきてやろうか？」

というお勝《かつ》の申し出を、熊吉《くまきち》はありがたく受けた。

「助かる。そんなに強く絞《しぼ》らなくっていいから」

「はいはい。ついでに梅干《うめぼ》しでも食べときな」

手拭いを受け取る代わりに、お勝が暑気冷ましの枇杷《びわ》葉湯《ようとう》と梅干しを置いてゆく。

不愛想《ぶあいそ》でも、さすがは『ぜんや』の給仕である。この季節の外回りは干物《ひもの》にならぬよう、馬鹿みたいに水を飲む。そのせいで熊吉は、ずっと腹を下していた。

体の熱を取り、下痢《げり》を治める枇杷葉湯を飲みながら、酸っぱい梅干しで塩気を補《おぎな》う。ぼんやりと漂っていた頭の靄《もや》が、少しばかり晴れたようだ。

水無月《みなづき》十日。いつもどおり昼過ぎに、薬の補充をしようと『ぜんや』に立ち寄った。暑さに負けじと励《はげ》む者が多いのか、龍気補養丹《りゅうきほようたん》はよく売れていた。精力剤とはすなわち滋養強壮《じようきようそう》の薬であるから、夏ばてにも効《き》くはずだ。

オイラもしばらく、飲んでみようかな。

齢二十歳《よわいはたち》にして、精力剤の世話になるのは情けない。だが近ごろは、背負《せお》い慣れた行商簞笥《だんす》がやけに重い。暑さのせいで、腎《じん》が弱っているのだろう。

薬袋を手に取って、まじまじと眺める。製法は秘中の秘だが、自分たちで作っているのだからよく知っている。黄耆《おうぎ》、対蝦《たいか》、山茱萸《さんしゆゆ》、当帰《とうき》、桃仁《とうにん》、海馬《かいま》に地黄《じおう》、人参《にんじん》も少々――。廉価版《れんか》であっても、これで効かぬわけがない。

こめかみにちりちりと視線を感じ、熊吉は目を上げる。お花《はな》が調理場から、こちらをじとりと睨《にら》んでいた。軽蔑《けいべつ》するような眼差《まなざ》しである。

「なんだよ」

声をかけると、なにも言わずにそっぽを向く。お花にはもうすっかり、女郎買いをする男だと思われてしまった。

ああ、そうか。これを飲んで女郎屋に出かけるつもりかと、睨んでやがったのか。冗談《じょうだん》じゃねぇ。と思うが、あらためて弁明するのも馬鹿らしい。そもそもこの件に関して、お花は熊吉の言うことをちっとも信じてくれない。だから熊吉のほうでも、誤解を解こうとするのをすっかり諦《あきら》めてしまった。

「はいよ」

首元に、冷たいものがぺたりと貼《は》りつく。

「ぎゃっ！」と飛び上がって振り返ると、お勝が濡れ手拭いを手に立っていた。

「おっ、ありがとう」

汲《く》み置きの水は使わず、わざわざ井戸で冷やしてきてくれたらしい。衿元《えりもと》を寛《くつろ》げて受け取った手拭いを首に巻くと、体の火照《ほて》りがすっと鎮《しず》まる。

「ふぅ、気持ちいい」

目を瞑《つむ》り、噛《か》み締めるように呟《つぶや》いていた。これはしみじみと、生き返る。

こうした気遣いも、前はお花が率先《そっせん》してやってくれていたのだが。

「今日も、寄ってこないねぇ」

調理場をちらりと窺《うかが》い、お勝がやれやれと肩をすくめる。

熊吉の他に、客は小上がりにひと組いるだけ。長《なが》っ尻《ちり》らしく、飯を終えて漬物で酒を飲んでいる。忙しくもないこんなとき、お花は熊吉の傍《そば》にきて話をするのが常だった。

それが、ここしばらくは声もかけてこない。笑顔など、いつから見ていないだろう。

「本当に、どうすりゃいいのかなぁ」

答えに窮《きゅう》し、声を抑《おさ》えて尋《たず》ねてみる。お勝はいとも容易《たやす》くこう言った。

「さてね、若い娘は生真面目《きまじめ》だから。男の一人や二人咥《くわ》え込めば、練《ね》れてくるんだろうけどさ」

「おいおい、品のないことを言うんじゃねぇよ」

それこそ冗談じゃない。お花が男を知るなんて、まだうんと先の話だ。養父の只次《ただじ》郎《ろう》だって、ちょっとやそっとじゃ許さない。

だがその只次郎も、若いころに女郎買いをしていたとばらされて、お花に冷たくされている。近ごろ仕事で留守《るす》がちなのは、家に居づらいせいもあるのだろう。

兄ちゃんはともかく、オイラは濡れ衣《ぎぬ》なんだけどな。

情けなさに、熊吉はため息をひとつ落とす。とそこへ、お妙《たえ》が料理を運んできた。

「お待ちどおさま」

「ああ、すまねぇ」

床几《しょうぎ》の上に、薬袋や売り上げを広げてあった。それを手早く片づけて、折敷《おしき》ごと料理を置いてもらう。

「本当に、ご飯は炊《た》かなくっていいの？」

外回りのついでに立ち寄った際には、お菜《さい》と同時に炊きたての飯も出してもらう。だがここしばらくは、「飯はいいや」と断っていた。

「しっかり飯を食べないと、力が出ないよ」

お妙に続き、お勝も気遣わしげに眉間《みけん》に皺《しわ》を寄せる。

おっしゃるとおり、米の飯は力の源《みなもと》だ。熊吉だって、よく分かっている。だが腹具合がよくないせいか、喉《のど》の通りが悪かった。

「大丈夫、朝と夜は食べてるよ」

暑さの治まる朝晩なら、まだ食べられる。だから平気さと笑って、熊吉は箸《はし》を取る。

今日の献立《こんだて》は、鯉《こい》の洗いとそのアラ煮、蜆《しじみ》と分葱《わけぎ》の甘辛煮、茄子《なす》の田楽《でんがく》、それから叩《たた》き豆腐《どうふ》。

お妙によれば叩き豆腐とは、「豆腐と焼き味噌《みそ》を包丁で叩いて馴染《なじ》ませて、さっと揚《あ》げたもの」らしい。小判型にまとめられ、黄金色に輝いている。

「どれもこれも、旨《うま》そうだ」

無作法だが、なにから食べようかと箸が迷う。まずはさっぱりと、鯉の洗いか。添えられているのは醬油《しょうゆ》ではなく、辛子酢味噌。さっと潜《くぐ》らせて口に含めば、程よい酸味に舌が締まる。コリコリとした鯉の歯応《はごた》えも、涼《すず》やかである。

「はぁ、こりゃあいい。口の中がスッとする」

正直なところ揚げ物は少し重いと感じていたが、お陰で残さず食べられそうだ。甘辛く煮られた蜆も嚙み締めるほど味わい深く、滋養が染みわたるようである。

「しっかり食べな。今日は土用の入りだからね」

「ああ、だから蜆か」

暑さ負けを防ぐための、土用蜆だ。出がけに暦《こよみ》を見たはずなのに、うっかり忘れていた。

ということは、あれからもう一年経《た》ったんだな。

見世棚《みせだな》の向こうの調理場を、ちらりと見遣《みや》る。お花は特にすることがないらしく、常連客の置き徳利《どっくり》を拭《ふ》いている。熊ちゃんなんぞと仲良くしてやるもんかという、気概だけは窺える。

熊吉の記憶が正しければ、お花が賊に攫《さら》われたのが、昨年の夏土用だった。早いものだ。無事に助け出されたあともお花は心配なほどやつれていたが、もうすっかり、娘らしい頬《ほお》の丸みを取り戻している。それどころか、身丈《みたけ》もずいぶん伸びたようだ。

あいつが健《すこ》やかでさえあれば、まぁいいか。

それに比べれば、口をきいてくれないなんて些細《ささい》なこと。いつまでだって、臍《へそ》を曲げていればいい。

そんなことを考えながら、熊吉は蜆の滋味を嚙み締めた。

二

海に近く、水路が入り組む深川《ふかがわ》は、日本橋《にほんばし》や神田《かんだ》に比べればいくぶん涼しく感じられる。

だが破れ屋の寄り集まる込み入った路地裏に、海風は届かない。蒸れた溝《どぶ》から立ち昇る悪臭が、肌にべたりと貼りついてくる。何度訪ねても、このにおいには慣れるということがない。

それでもここに住む女たちにとっては、これが日常だ。切見世《きりみせ》が向かい合せに並んでいる、松村町《まつむらちょう》。すっかり顔見知りになったお鶴姐《つるねえ》さんが、溝の傍《かたわ》らで寛いでいた。

　正しくは自分に割り当てられた部屋の前に立っているのだが、通路の幅が狭いため そう見える。お鶴姐さんだけでなく、客がついていない女たちもわずかな涼を求め、外で立ち話をしていた。

「お万《まん》さんなら、仕事中だよ」

　煙管《きせる》を使っていたお鶴姐さんが、欠けた歯を見せてにたりと笑う。たしかに奥から二番目のお万の部屋は、油障子《あぶらしょうじ》が閉まっている。

「ああ、そのようだな」

　女郎と客が部屋にこもって、やるべきことはただひとつ。まさに今、お万は病を広げている。

「いけねえ！」と叫んで、踏《ふ》み込みたい気持ちをぐっと抑える。お鶴姐さんもなにかを察したか、手を伸ばして熊吉の袖《そで》を握った。

「よしなよ。切見世の女郎なんざ、そんなもんさ」

　皺《しわ》んで奥まった眼《まなこ》で、こちらを見上げてくる。お鶴姐さんは、伊達《だて》にこの歳《とし》まで女郎をしていない。なにもかもを見透《みす》かしながら、すべてを諦めた目をしている。

　あぁこの女も、女郎のままうら寂《さび》しく死ぬ覚悟をしているのだ。お万の病にだって、とっくの昔に気づいている。それでも打つ手はあるまいと、見て見ぬふりをしているのだ。

「でも放《ほう》っておくと、客に広めちまうだろう」

「ああ、そうだね。だからなんだい。アタシらは皆うっすらと、男が嫌いだよ。なんてったって、アタシらの体を都合よく使う奴《やつ》ばかりだ。そいつらが病に苦しむことになろうと、知ったこっちゃない」

熊吉はぎょっとして、周りを見回す。それとなく話を聞いていたらしい女たちが、同意を示すようにニッと笑った。

世の男たちは、ひと切り百文で体を売る女を下に見ている。だが女たちのほうでも、そんな相手に必死で腰を振る男たちを、蔑《さげす》んでいるのだ。

だからこそお万は、「昼寝でもしてな」と言って手を出そうとしなかった熊吉に、容易く惚《ほ》れた。これはそんじょそこらの男とは違うと、期待してしまった。

憐《あわ》れなものだ。女郎は体を労《いた》わられることに、慣れていない。だからこそ自分でも、体をいじめ抜いてしまう。

「だがそいつらは、家に帰って連れ合いにも病をうつしちまうよ。おかみさんたちには、なんの罪もねぇだろう」

「たしかにそれは、ちょっと酷《こく》だねぇ。でもアタシらには、なにもできやしないよ」

お鶴姐さんが煙管をひっくり返し、吸い殻《がら》を真っ黒な溝に捨てる。「ジュッ」と、水の中で儚《はかな》い音がした。

分かっている。女郎を責めても、しょうがない。

仮にお万を辞めさせられたとしても、新たな女があの部屋に連れてこられて、春をひさぐ。いずれまたその女が、病を得ることになるかもしれない。

堂々巡りだ。只次郎や柳井《やない》様に相談しても、解決の糸口など見つかるわけがない。

せめて世の中の仕組みが変わってくれればと、考えたこともある。だがおそらく人が人であるかぎり、男は女を買い続けるのだろう。

そりゃあ、お花に嫌われるはずだ。

ため息をつき、熊吉は首の後《うし》ろを掻《か》く。男は金を出してでも、女を求めずにいられない。しかもその値《あたい》に差をつけて、お職《しょく》だ花魁《おいらん》だと持てはやす。

閨《ねや》の中ですることは、みな同じだというのに。

「おや、終わったようだよ」

気がつけば熊吉は、真っ黒な溝をじっと睨んでいた。お鶴姐さんの声に、ハッとして目を上げる。

奥から二番目の油障子が開き、客の男がちょうど出てきたところだった。

ひと目で分かる、団扇《うちわ》売りだ。様々な絵柄の団扇を二本の篠《しの》に挟み、持ち歩いている。歳のころは三十半ばといったところか。熊吉を順番待ちの客と思ったか、乱杭歯《らんぐいば》を見せてにたりと笑った。

人を、てめぇの同類と思ってんじゃねぇよ。

腹立たしいが、知らぬふりでやり過ごす。男が路地木戸を抜けてしばらくしてから、

「団扇〜、団扇〜」と売り歩く声が聞こえてきた。

その声を合図とするように、お万もまた戸口に姿を現した。しかし熊吉がいるのに気づくと、ぴゅっと首を引っ込めて、再び障子戸を閉めてしまった。

「ちょっと、お万さん！」

熊吉は、慌てて閉まった戸に取りつく。だが、開かない。お万が中から、素早く心《しん》張棒《ばりぼう》を支《か》ったようだ。

「開けてくれよ。話があるんだ」

がたがたと戸を揺さぶっても、熊吉とはもう口をきかないと決めているのか、返事もない。せめて体の具合だけでも知りたいのに、これでは手の打ちようがなかった。

「なぁ、お万さん。オイラたち、友達だろう」

虫のいいことを、言っている。友達ということにしておきたかったのは、熊吉のほうだ。情を寄せてくるお万を振り切ることができず、かといって幸せにしてやることもできない。

「調子はどうだい。なにかほしいものがあれば買ってくるけど、腹ぁ減ってないかい？」

できるのは、しょせんこの程度の気遣いだ。それでも病持ちのお万を放っておくことはできないと、思ってしまう。

「ちょっとでも、顔を見せておくれよ。なぁ」

障子戸の向こうは、やはりうんともすんとも言わない。代わりに向かいの長屋から、蓮《はす》っ葉《ぱ》な声がかかった。

「もうよしなよ、兄さん。見苦しいよ」

外に出て客を待っている、切れ長の目をした女郎である。その隣に立っている女も、紅《べに》の禿《は》げた口を開けてあははと笑った。

「そうだよ、アンタ振られてるんだよ」

病だと見抜かれて以来、お万は頑《かたく》なに熊吉と会おうとしない。美しいものを見せてやろうと思って持ってきた青い砂糖も、受け取ってもらえぬまま、持ち歩くうちにべタベタになってしまった。

「いるんだよねぇ、こういう自分だけは別格だと自惚《うぬぼ》れてる客がさ」

「分かるぅ。切見世の女郎になにを求めてんだって話だよ」

あの二人も、お万の病には気づいている。その上で、熊吉にもうかかわるなと言っているのだ。

どうせ熊吉に、お万を救う手立てはない。そのくせ余計な世話を焼くものだから、傍《はた》で見ているだけでも鬱陶《うっとう》しく感じられるのだろう。

そうか。煙たがられてるのは、オイラか。

女たちは心の底で、客の男を嫌っている。だが客はまだしも、金を落とす。もっともたちが悪いのは、金も落とさず周りをうろつき回るだけの輩《やから》である。

「すまねぇな、お万さん。それでもオイラ、アンタを放っておけねぇんだ」

熊吉の心配が、お万にとってはただの迷惑になっているのかもしれないけれど。深川に用のある日はどうしても、この町に足を向けてしまう。

「日を置いて、また来るよ。体を大事にしておくれな」

毒にも薬にもならぬ言葉を言い残し、熊吉は行商箪笥を背負い直す。

空を見上げれば、嫌な雲が湧《わ》きはじめていた。間もなく夕立がくるだろう。早いこと、雨宿りができる軒下を探さなければ。

懐をまさぐって、紙の包みを取り出す。ここに来る途中、屋台で買い求めた大福だ。すれ違いざまに、それをお鶴姐さんに渡した。

「よかったら、食ってくんな」

「ああ、いつもありがとよ」

大福は全部で五つ。ひとつくらい、お万の口に入ればいいのだが。

松村町を出ると、鼻先にぽつりと水滴が落ちてきた。

寺の軒先にでも、駆け込むか。

そう決めて、熊吉は足を速めた。

三

俵屋《たわらや》の奉公人の夕餉《ゆうげ》は飯と汁と漬物、それに煮物か青菜がつく。

今日のお菜は切り昆布《こんぶ》と油揚げの煮物だった。熊吉はなんとかそれで、茶碗《ちゃわん》一杯の飯を掻き込んだ。

さて夕餉のあとは、休む間もなく薬作りだ。使い終えた茶碗などを箱膳《はこぜん》に仕舞い、奉公人用の長屋へと引き上げる同輩たちと別れて、母屋《おもや》の中の間へと向かう。旦那《だんな》様と若旦那は、すでに薬作りを始めているのだろう。障子紙の向こうに、行灯《あんどん》の明かりが揺れている。

「参りました」

廊下に膝《ひざ》をつき、室内に向かって声をかける。

「お入り」という返事を待って、熊吉は障子をそろりと開けた。

あれっ。と、目を瞬《しばたた》く。

部屋が生薬《きぐすり》臭いのは、いつものこと。だが旦那様も若旦那も、道具すら出さず上座に並んで座っている。当然ながら、薬はまだひと粒もできていない。

なにごとだろうと戸惑《とまど》っていると、旦那様が難しい顔をして、正面の下座を指し示した。

「いいから、早く座りなさい」

これはなにか、よくない事態のようだ。そう悟《さと》ったが、まさか逃げるわけにもいかない。

熊吉は素早く室内に入り、障子を閉める。それから旦那様たちの正面にさっと座った。

もしや、仕事でしくじりを犯したか。このところ暑さでぼんやりしていたから、注文の数を間違うなどして、客から文句が入ったのかもしれない。

気難しそうな得意先をいくつか頭に浮かべつつ、熊吉は畳《たたみ》に手をついて畏《かしこ》まる。しばらくそのままの姿勢で待ってみたが、旦那様はなにも言わない。傍らの若旦那も出しゃばるつもりはないらしく、ただ静かに控《ひか》えている。

お叱《しか》りなら、早くしてほしいけれど。いったいなにをしでかしちまったんだろうと、息が苦しくなってくる。

灯芯《とうしん》の、ジジジと焦げる音がする。旦那様がようやく口を開いた。

「着物を脱《ぬ》いでごらんなさい」

「へっ？」

思いがけぬ言いつけだった。真意が読めず、熊吉はぽかんと顔を上げる。

「いいから早く、褌《ふんどし》のみになるんだよ」

旦那様の表情は、真剣そのものだ。「なぜ？」と問うことは、許されない。

仕方なく、熊吉はその場で帯を解いた。

「立ちなさい」

言われるがままに立ち上がり、格子《こうし》縞《じま》のお仕着せを、半襦袢《はんじゆばん》と共に足元に落とす。

これで、褌一枚だ。

「ふむ」

旦那様の視線が熊吉の体を、上から下へとなぞってゆく。べつに恥ずかしくはないが、居たたまれない。これはいったい、なんなのか。

「後ろを向いてごらん」

疑問を抱いたまま、熊吉は旦那様に尻《しり》を向ける。見えやしないが、やはり舐《な》めるような視線を感じた。

「こっちに向き直って、両手を出して」

その言葉に従って両手を突き出すと、旦那様はまるで手相見のように、手のひらをまじまじと覗《のぞ》き込んでくる。

あ、もしかして——。

旦那様が熊吉の体になにを探しているのか、分かった気がする。そのとたん、ぶるりと身震いがした。

「よろしい、発疹《ほっしん》は出ていませんね」

ああ、やっぱりだ。観念して、熊吉はぎゅっと目を閉じた。

唐瘡《とうがさ》の発疹は全身のみならず、手のひらや足の裏にも現れる。

つまり旦那様は、熊吉が唐瘡にかかっているかどうかをたしかめたのだ。

「お前さんが病持ちの女郎の元に足繁《あししげ》く通っていると、耳打ちしてきた者がおりましてね」

病をもらっているのなら、重篤《じゅうとく》になった場合は店から放り出さねばならない。そんな男に大きな仕事を任せられるわけもなく、熊吉の出世はここで打ち止めとなっていたことだろう。

また、留吉《とめきち》さんか。

今は平手代《ひらてだい》として働いている、同輩の顔を思い浮かべる。

そもそも熊吉をはじめに松村町の女郎屋へ連れていったのが、留吉だ。あそこに馴染《なじ》みの女がいるはずだから、お万が瘡病みであることも、熊吉が頻繁《ひんぱん》に通っていることも、聞き出すことができただろう。

一度ならず、二度までも——。

留吉は以前にも、女中のおたえを使って、熊吉の立場を失墜《しっつい》させようとしたことがある。それほどまでにあの男は、熊吉の出世を阻《はば》みたいのだろうか。

「なんでも外回りのついでに立ち寄っているそうだが、本当ですか」

問いかける旦那様の声は、常と変わらず穏《おだ》やかだ。それだけに圧が強く感じられ、熊吉はしばし言葉に詰まる。

おたえと共に長屋の一室に閉じ込められたときは、留吉の嫌がらせで片がついた。でも今回は、根も葉もない噂《うわさ》などではない。

「申し訳ございません」

弁明のしようもなく、熊吉は畳に額を擦《こす》りつけた。

「ですが私は、女を買ってはおりません。神仏に誓《ちか》って、生《き》息子《むすこ》のままです」

なんとも情けない告白だ。神仏だって、そんなことを誓われたくはないと顔をしかめているだろう。

だが仕事を怠《なま》けて女に現《うつつ》を抜かしていたと、旦那様に誤解されては困る。罰《ばつ》として、すぐさま俵屋から放逐《ほうちく》されるかもしれないのだ。

そうなっては、これまでの苦労が水の泡。小僧のころからずっと一緒だった長吉《ちょうきち》と決別してもなお、ここに残ったというのに。女絡《おんながら》みで叩き出されたとあっては、笑い種《ぐさ》だ。

旦那様が、「ふぅ」とため息をついた。

「だいたいの話は、夕方に只さんを呼んで聞きました。こうして見るかぎり病をもらっていないようですし、生息子だという言葉は信じましょう」

只次郎が俵屋に来ていたとは、知らなかった。だがあの男なら、熊吉の悩みを承知している。切見世に通っていたわけも、憶測《おくそく》をまじえずに伝えてくれただろう。

その上で旦那様は、熊吉をどう裁くのか。

耳元でプウンと蚊《か》の羽音がして、剝《む》き出しの肩にとまったようだ。叩き潰《つぶ》すこともできず、熊吉は頭を下げ続ける。

「ひとまず、着物を着なさい」

肩に痒《かゆ》みが広がってゆく。旦那様の許しを得て、熊吉は手早く着物を身に着けた。肩を掻くのは、我慢《がまん》した。

「さてお前さんは、唐瘡の女郎を辞めさせるにはどうすればいいかと、只さんに相談したそうですね」

「はい。その女郎が仕事を続けるかぎり、病は広がり続けちまいます」

頷いて、小倉織《こくらおり》の帯をきゅっと締める。旦那様の眼差《まなざ》しを真正面から受け止めるのは恐ろしかったが、腹の底に力を込めた。

「只さんからは、女郎一人を辞めさせたところで焼け石に水だと言われませんでしたか」

「言われました。唐瘡病みの女郎なんざ、江戸には珍《めずら》しくもないって」

「でしょうね。ならお救い小屋でも作って、その女たちをひとつ所に集めますか。病を広げるのはなにも女ばかりじゃありませんから、唐瘡の男も集めなきゃなりませんね。俵屋の身代《しんだい》を以《もっ》てしても、そんなことできやしませんよ」

俵屋は、江戸でも指折りの大店《おおだな》だ。その身代をそっくり傾けても面倒を見きれぬほど、唐瘡は巷《ちまた》に蔓延《まんえん》している。

「だとしても、放っておけません」

「そうですか。ならそれは、お前さんの気休めにすぎないね」

はっきりと断じられ、熊吉は「うっ」と言葉に詰まった。

そうだこれは、お万のためなんかじゃない。熊吉の気休めであり、熊吉の意地だ。

ああ、だからか――。

やっと分かった。その身勝手さが伝わったからこそ、お万は怒り、会ってくれなくなったのだ。

ざまあねぇな。

お万の都合を考えてやらないという点では、切見世の客も、病も、熊吉も、似たようなもの。嫌われて当然の、我儘《わがまま》野郎だ。

熊吉は、しょんぼりと肩を搔く。胸の内に膨《ふく》らんでいた意気が、しおしおと萎《しぼ》んでゆくのが分かった。

「幸いにと言うべきか、唐瘡はうつったからといって、直《ただ》ちに死ぬ病じゃありません。場合によっちゃ、二十年、三十年と生きられます。それに比べりゃ、疱瘡《ほうそう》や流行《はや》り風邪《かぜ》のほうがよっぽど怖い。だから唐瘡は、放っておかれているんです」

旦那様の、言うとおり。熊吉のお父《とっ》つぁんだって、熊のような大男だったのに、流行り風邪でころりと死んだ。一方の唐瘡は、恐ろしいには違いないが、気の長い病であった。

「その女郎――、お万さんと言いましたか。その人だって、病とつき合いながらどうにかやっていくしかないんです。情を交《か》わしたわけでもないお前さんに、出る幕がありますかね」

問われて熊吉は、痒みの強い右肩に爪《つめ》を立てる。悔しいが、なにも答えられなかった。己の行いの無益さを、噛み締めるばかりであった。

旦那様が帯に挟んでいた扇《おうぎ》を開き、首元を煽《あお》ぐ。蒸し暑さの残る夜である。熊吉はうつむいたまま、胸元から立ち昇る汗のにおいを嗅《か》いでいた。

「さぁここからは、俵屋の手代としての役目について話をしましょう」

ピシリ。扇の閉じられる音に、熊吉はハッと息を呑《の》む。いよいよ、処分が下されるのだと分かった。

「いかな理由があろうとも、外回りの途中に女郎屋へ出入りしていた事実は覆《くつがえ》りません。見る人が見れば、うちのお仕着せだということも分かったはず。お前さんは、外聞というものを気にしなかったんですか。俵屋というのは、手代の躾《しつけ》もなっちゃいないだらしない店だ。そう思われてもいいというんですね」

「申し訳ございません」

熊吉は、再び畳に手をついた。

俵屋のお仕着せを着ているかぎり、熊吉の行いは店の評判にも繋《つな》がっている。そんなあたりまえのことが、頭からすっぽりと抜けていた。

「もっとも此《こ》度《たび》のことを知らせてきたのは内部の者ですから、私も内々に済ませようと思いますがね。お前さんにはこれから先、深川の地は踏ませません」

「へっ？」

そんな、まさか。

驚いて、熊吉は上目遣いに旦那様を窺う。その表情を見るかぎり、冗談ではなさそうだ。

「でも深川には、受け持ちの得意先が──」

「案ずることはない。それらはすべて、留吉に任せます。お前には、大川《おおかわ》を渡ることを許しません。仕事でなくとも同様です」

ならば深川どころか、両国《りょうごく》や向島《むこうじま》にも行けない。きっとそちらの得意先も、他の者に割り振られるのだろう。

「それから向こう十日間は、決して外へ出ないこと。飯を運ばせますから、この部屋で薬を作っていなさい。この二つが守れないなら、俵屋を出て行って構いません」

つまりその間に、頭を冷やせということか。

熊吉への罰は、江戸払いならぬ深川払い。あとは十日の押し込めというわけだ。

大川の先には、熊吉が自分の足で開拓した得意先だってある。それを留吉たちに渡してしまうのは、惜《お》しい気がする。

だが、文句は言っていられない。この処分には、旦那様の温情が感じられる。熊吉が受け入れれば、店を追い出されないばかりか、身分も手代のままである。

「かしこまりました。お受けします」

熊吉は、潰れた蛙《かえる》のような恰好《かっこう》で頭を下げる。

これで出世は遠のいた。でも仕方ない。身から出た錆《さび》である。

「では、頼みますよ」

衣擦《きぬず》れの音がして、旦那様が立ち上がったようである。しかし熊吉は、畳に這《は》いつくばったままぴくりとも動かなかった。

障子が開き、旦那様が部屋を出てゆく。続いて若旦那も立ったらしい。去り際に、熊吉の肩を労《ねぎら》うように叩いていった。

二人の足音が遠ざかっても熊吉は、しばらく面《おもて》を上げることができなかった。

ふと見れば畳の目の上で、ぱんぱんに腹の膨れた蚊が難儀している。血を吸いすぎて、飛べなくなったようである。

手を伸ばすといとも容易く、蚊は潰れた。畳と手のひらに、赤黒い血がべたりとついた。

四

六月十一日から二十一日まで、熊吉は中の間に閉じこもり、ひたすら薬を作り続けた。

食べるのも眠るのも、同じ部屋。厠《かわや》のときだけは庭に出られたが、目付け役の小僧が必ずついてきた。

熊吉には逃げるつもりなどないのだが、それもまた罰の一種であるようだった。

誰とも話さず、黙々と薬袋を積み上げていった。薄情なもので、お万のことは頭に思い浮かばなかった。霞《かすみ》がかった頭で時折、「『ぜんや』の飯が食いたいな」などと考えるばかりであった。

二十二日の早朝に、熊吉は中の間から解き放たれた。

運ばれてくる手拭いで体を拭いてはいたが、月代《さかやき》も髭《ひげ》も伸び放題。朝餉の前に、身なりを整えておく必要があった。

夏の最中である。褌一枚になって井戸端で行水をすると、十日間の垢《あか》がさぁっと流れてゆくようで、心地よい。人としての己を、やっと取り戻せた気がした。

続いて盥《たらい》の水を覗き込みながら、髭を剃《そ》ってゆく。江戸の男は髭を蓄《たくわ》えたりしないから、こんなに伸ばしたのは初めてだ。

熊みてぇだなと思っていたら、前方から「わっ！」と声が上がった。

「なんだ、てめぇか。熊かと思った」

寝苦しくて、早めに起きてしまったのだろう。手代の留吉が、首に手拭いを引っかけて立っている。よりにもよって、一番会いたくない奴に会ってしまった。

「ああ、そうか。押し込めも昨日までか」

一方の留吉は気にせぬふうで、熊吉の傍らにしゃがみ込み、柄杓《ひしゃく》の水で顔を洗いはじめた。

熊吉は返事もせずに、髭を剃る。前に突き出た額から雫《しずく》を垂らしつつ、留吉が「ん？」と首を傾《かし》げた。

「おい、ちょっと待て。俺《おれ》じゃねぇぞ」

旦那様に告《つ》げ口をしたのは、自分じゃない。そう言って、留吉は両の手を小刻《こきざ》みに振る。

「たぶん、末吉《すえきち》だ」

留吉に連れられて、手代頭の末吉も、一月の藪入《やぶい》りに松村町を訪れていた。その後もこっそりと、女を買いに行っていたのか。馴染みの女から、お万と熊吉のことを聞いたのだろう。

「なんで、末吉さんが」

「知らねぇよ。手代の中でお前だけが、薬の作りかたを教わってる。それが気に食わなかったみてぇだけどな」

門外不出の龍気養生丹《ようじようたん》と、補養丹。その製造を二十歳になったばかりの熊吉が任されるなんて、大抜擢《だいばってき》にもほどがある。いずれは己の地位を脅《おびや》かし、上に立つのではないかと、末吉は恐れた。

「口を開けば、ぐちぐち言ってやがったな。肝《きも》の小せぇ奴が、思いきったことをしやがった」

留吉の口ぶりは、嘘《うそ》をついているようには聞こえない。真偽《しんぎ》のほどを見極めようと注視していたら、おどけたように眉《まゆ》を持ち上げた。

「なぁ、今からぶん殴《なぐ》りに行こうか」

これには思わず、笑ってしまった。

末吉は今の手代頭ではあるが、かつては留吉の子分だった。立場が変わっても、関係性までは変わっていない。そういったねじれがあるせいで、末吉はずいぶんやりづらかったことだろう。

さらには出世頭の熊吉が、下から突き上げてくる。末吉は、そうとう焦《あせ》っていたのかもしれない。

「べつにもう、いいですよ」

「正気か。俺のときは首根っこ押さえて、旦那様のもとに突き出したじゃねぇか」

「だってあれは、濡れ衣だったじゃありませんか。今回は、間違ったことを言っちゃいねぇんで」

誰が悪かったのかといえば、脇《わき》の甘かった熊吉がいけないのだ。お万の病を知って取り乱し、節操を忘れてしまった。

末吉が告げ口をしなくとも、いずれ外部の誰かが旦那様の耳に入れたに違いない。その場合、熊吉の処分はもっと重かったはずだ。

「一人じゃなにもできない男だと思って、侮《あなど》っていました」

「ああ、そうだな。違ぇねぇ」

留吉が、顎《あご》をくいっと前に突き出す。「俺の眼力もまだまだだな」と、いっぱしなことを言っている。

それには取り合わず、熊吉は髭を剃り終えた。盥の中に、縮《ちぢ》れた毛がぷかぷかと浮いている。その水を空け、新たに水を張り直す。

「月代、剃ってやろうか」

留吉が、おもむろに手を差し出してくる。この男に、剃刀《かみそり》を渡していいものか。

迷ったのは一瞬だった。

熊吉は剃刀の持ち手を返し、「お願いします」と手渡した。

朝餉のあと、若旦那に中の間へと呼び出された。

得意先の多くを失った熊吉は、この先どのように仕事を進めればいいのかと迷っていた。その手引きのようなものを、授けられるかと思ったのだが。

「着物をこれに、着替えなさい」

そう言って、紺絣《こんがすり》の着物を差し出してくる。熊吉は、それを受け取るのを躊躇《ためら》った。

「私はもう、俵屋のお仕着せを着るに値しないということでしょうか」

「違う、違う。今から、深川に行ってもらいたくてね」

ますますわけが分からない。深川には、足を踏み入れてはならぬと言い渡されている。その場にいた若旦那が知らぬはずもなかろうに、なにを言っているのだろう。

「大丈夫、旦那様の許可は得ている。ただし、一度だけだ。お万さんと会って、渡りをつけてもらいたい」

思いがけぬ申し出に、熊吉はぽかんと口を開ける。大店の若旦那が切見世の女郎に、なにを頼もうというのだろう。

「お万さんさえよければうちで請《う》け出して、女中として働いてもらいたい。ただ衣食住の保証はするが、給金はなし。そして仕事の合間に、唐瘡の治療法《ちりようほう》を試させてほしいんだ」

俵屋は、薬種問屋。生薬ならそれこそ、売るほどある。根治は難しくとも、症状を和《やわ》らげたり進行を遅らせたりすることはできるのではないかと、若旦那は言う。

「この十日のうちに私も、書物を紐《ひも》解いてみてね。皮膚《ひふ》症状にはこれ、痛みにはこれと、試してみたい配合を思いついたんだ。もちろん体の負担にならないよう、様子を見ながら行うつもりだよ」

お万のような下級女郎は、医者にかかることも、薬を贖《あがな》うこともままならない。それを思えば、破格の待遇《たいぐう》に違いない。

「治療につき合ってくれるなら、病が進んで働けなくなっても追い出しはしない。最《さい》期《ご》まで、うちで面倒を見させてもらうよ。どうだろう。お万さんはこの要件で、頷《うなず》いてくれるだろうか」

頷くもなにも、これほどの厚遇は他にあるまい。体を売らずとも飯が食え、治療が受けられ、病が重篤になっても路頭に迷うことさえない。

たとえお万が渋ろうとも、必ず頷かせてみせる。

「ありがとうございます！」

熊吉はその場に平伏した。

若旦那には、二度と頭が上がらない。この人に、一生ついていこうと思った。

五

紺絣の着物を着て、行商箪笥も背負わずに、熊吉は炎天下を駆けてゆく。額から滝のように汗が流れ、十日の押し込めで萎《な》えかけた足も痛んだが、止まることなく走り続けた。

お天道様は目に痛いほど照りつけているのに、日陰になった松村町は、今日もどんよりと淀《よど》んでいる。外にいたお鶴姐さんへの挨拶《あいさつ》もそこそこに、熊吉は奥から二番目の部屋を目指した。

「お万さん！」

客はいないらしく、障子戸は開け放たれていた。名を呼びながら駆け込むと、鏡台に向かっていた女が驚いたように振り返った。

痩《や》せこけて、鼻ばかりが赤い。むっちりとしたお万とは、似ても似つかぬ女であった。

「誰だ、アンタ」

ぽかんとして、問いかける。女は片膝を立てて言い返してきた。

「いや、こっちの台詞《せりふ》だよ。アンタこそなんだい、客かい？　だったらさっさと上がってきな」

入る部屋を、間違えたのか。熊吉は一歩引き、周りを見回す。五つ並んだ部屋の、奥から二番目。たしかにここのはずだが――。

「はいはい、ちょっとごめんよ。兄さん、この人は新入りだ。あんまり驚かさないでやっとくれ」

お鶴姐さんが老婆のように、腰を叩きながら近づいてくる。熊吉は、とっさにその肩を摑《つか》んでいた。

「なんだよそれ。じゃあ、お万さんは」

「痛いじゃないか、よしとくれ。お万さんなら、よその町に住み替えちまったよ」

「嘘だろう――」

つまりお万は熊吉が押し込められている間に、抱え主と話をして河岸《かし》を変えたのだ。お鶴姐さんによればそれは、六日前の出来事であったという。

「ならお万さんは、どこの町に移ったんだ？」

「知らないよ。誰にもなにも言わず、行っちまったからね」

なんということだ。あと少しで、先行きの不安のない暮らしができたというのに。

熊吉が罰を受けているうちに、すれ違ってしまった。

「どうしてそんな――」

呆然《ぼうぜん》として、呟いた。お鶴姐さんが「なに言ってんだ」とばかりに、鼻を鳴らす。

「アンタが病だなんだと言いながら周りをうろつくせいで、商売に障《さわ》りが出ちまったんだよ。だから住み替えをして、一から出直すことにしたのさ」

「なんてこった」

熊吉が、お節介《せっかい》を焼いたのがいけなかったのか。だがそれがあったからこそ、若旦那が動いてくれたのだ。

「せっかくお万さんを、請け出す算段がついたってのに」

遣り切れなくて、結《ゆ》い直したばかりの鬢《びん》の毛を掻き回す。そんな熊吉を、小柄《こがら》なお鶴姐さんがじっと見上げている。

「なるほどね。それで意気揚々《ようよう》とやってきたわけかい」

お鶴姐さんは、「そりゃ大変だ」と慌ててくれると思った。「なにがなんでも、住み替え先を探さないとね」と。

それなのに、白《しら》けた様子でこめかみを掻いている。

「たぶんお万さんは、アンタの申し出を断ったと思うよ」

「どうして？」

「そりゃあそうさね。唐瘡ってのは下手《へた》をすりゃ、鼻や耳が落ちるじゃないか。そんな姿を、惚れた男に見られたいと思う女はいないよ」

「まさか――」

女中として俵屋に引き取られれば、食うに困ることもないというのに。清潔なお仕着せを身に着けて、治療だって受けられる。これほどの好待遇を、そのような理由で断るなんて考えられない。

「分かっておやりよ。あの子がアンタを遠ざけていたのも、万に一つもお前さんにだけは、病をうつしたくなかったからじゃないか」

もうすっかり、嫌われてしまったと思っていた。だがお万はお万なりに、熊吉の健康を守ろうとしていたというのか。

情を交わさなきゃ、うつりゃしないってのに。

お万の無知が、今さらながら愛《いと》おしい。でもあの女はすでに、熊吉の手の届かぬところへ行ってしまった。

「もう、忘れちまいな。案外お万さんだって、病気が治ってアンタよりずっといい男をつかまえるかもしれないよ」

慰《なぐさ》めているつもりなのか、お鶴姐さんがぽんぽんと腰を叩いてくる。

本当にそうであれば、どんなにいいか。

ため息をつく熊吉に、お鶴姐さんは驚くようなことを言い放った。

「アタシだってね、二年ほど前に体中に発疹が出たんだ。でもほら、すっかり治ってぴんぴんしてるだろ。心配ないよ」

欠けた歯を見せてニッと笑う姐さんを、まじまじと見下ろす。

唐瘡は、今の医学では決して治らない。ただ隠れるのがうまいから、治ったように見えるだけだ。

でも治ったと思い込んで客を取っている女郎は、他にも大勢いるのだろう。

熊吉一人が騒いだところで、なにも変わらない。観念して、その場でじっと目を閉じた。

「あらやだ熊ちゃん、どうしたの」

どこをどう、歩いてきたのだろう。懐かしい声がして、熊吉はふっと目を開けた。

目の前に、お妙の整った顔が迫ってくる。うんと背伸びをして、冷たい手で頰を挟んでくれた。

「ひどい汗。それに、真っ青じゃない」

どうやら熊吉は、『ぜんや』の戸口に立っているらしい。店はまだ開いておらず、下拵《したごしら》えの最中だったようだ。

「お花ちゃん、お水！」

調理場を振り返り、お妙が叫ぶ。さすがのお花も、知らんぷりを決め込んでいる場合ではないと悟ったのだろう。手にしていた包丁を放り出し、湯吞みに水を汲んできた。

「飲んで！」

手を引かれて床几に座り、水を一気に飲み干した。すぐさまお花が、お代わりを持ってくる。それも飲み干し、ようやくふっと息がつけた。

「ごめん」

だけどまだ、世の中がぐるぐると回っている。耐《た》えきれず床几に手をつくと、お妙が体を支えてくれた。

「上でしばらく、休んでいきなさい。お花ちゃん」

「うん、夜具を敷《し》いてくる！」

お花が身を翻《ひるがえ》し、階段を駆け上がってゆく。

その足音が健やかで小気味よく、ずっと聞いていたいと思った。

ぱしゃんと、水の撥《は》ねる音がする。

ひやりとしたものが額に触れて、熊吉はハッと瞼《まぶた》を開いた。

「あ、起きた？」

枕元《まくらもと》のお花が顔を覗き込んでくる。

どうにかこうにか、『ぜんや』の二階に上がったのは覚えていた。それから少し、眠ったようだ。額の濡れ手拭いを押さえ、熊吉はゆっくりと息を吐きだした。

「すまねぇ、迷惑をかけた」

「それはいいけど、具合はどう？」

「お陰様で、ずいぶんましになった」

敷布団に肘《ひじ》をついて、半身を起こす。自分でもぎょっとするほど、手首が細くなっている。

いつの間に、こんなに痩せちまったんだ。

そう気づくと、全身が心許《こころもと》ない。空の雲を踏むように、ふわふわしている。

「ねぇ熊ちゃん、ちゃんと食べてる？」

「ああ、食ってるよ」

「嘘ばっかり」

お花は熊吉のことを、少しは許してくれたのだろうか。とん、と背中を叩かれた。

「熊ちゃんは、学ばないね。人間の基本は、食べることなんだよ」

「――面目《めんぼく》ない」

悩みがあると、熊吉はすぐに食が細くなる。そのことを、お花に何度も叱られてきた。食は、力の源だ。

「なにか食べる？」

十日間、熊吉は『ぜんや』に顔を出さなかった。その理由は、旦那様から伝わっているのだろう。お花が気遣わしげに、鼻先を寄せてきた。

「いや、いい」

「食べるよね？　すぐ用意する」

なんと強引な。お花はさっと立ち上がると、熊吉を残して階下に消えた。追いかける気力は、湧かなかった。

今は、何刻《なんどき》だろう。日は高く、階下からは客の声が聞こえてこない。まだ開店前なのだろう。案外長くは眠らなかったようである。

目の前で、両手を握ったり開いたりしてみる。うまく力が入らない。人よりも、大きな手をしているのに。なぜ自分はこんなにも、無力なのだろう。鼻の奥がツンと痛み、唇を嚙みしめる。小さいころは、早く大人になりたいと思っていた。でも大人になったって、できないことが増えてゆくばかり。己の無力を思い知ることが成長だというのなら、酷なことだ。

しばらくぼんやりしていたら、ぎしぎしと階段の軋《きし》む音が聞こえてきた。

「はい、お待たせ。残り物のご飯で悪いけど」

折敷を手に、お花が枕元に戻ってくる。

飯碗《めしわん》からは、ほくほくと湯気が立ち昇っていた。

お花が勧《すす》めてきた料理は、豆腐飯だった。

賽《さい》の目に切った豆腐をさっと揚げ、飯に載せて、鰹出汁《かつおだし》をかけたものだ。大根おろしと割り胡椒《こしょう》があしらわれ、さらさらと搔き込むのによさそうである。

ふくよかな出汁のにおいに誘われて、だんだん腹が減ってきた。食い気など湧かないと思っていたのに、いつの間にやら飯碗と箸を手に取っていた。

まずは、鰹出汁をひと口。醬油が強めに効いており、外を歩き回った体に染み渡る。

熊吉を取り囲む周りの色が、ぱっと鮮やかになった。

そのとたん、箸が止まらなくなった。饂飩粉《うどんこ》をつけて揚げた豆腐はサクサクとして、出汁に浸《つ》かったところはとろりと蕩《とろ》ける。胡麻《ごま》油の風味がなんとも言えず、割り胡椒をガリッと噛めば、額に汗が噴き出てくる。

けれども嫌な汗じゃない。痩せ細った体に、息吹《いぶき》が吹き込まれるようだった。

「おっ母《か》さんが、俵屋さんに遣いを出したって。しばらくすれば、迎えがくると思う」

「そうか。なにからなにまで、すまねぇな」

飯粒の欠片《かけら》すら残すまいと、出汁を啜《すす》りきってから箸を置く。

あらんかぎりの厚情を示してくれた若旦那に、合わせる顔がない。それでも俵屋には、帰らなければ。どんなに決まりが悪くとも、熊吉はあそこで生きると決めたのだ。

「白粉《おしろい》の君とは、話がつかなかったの？」

空になった飯碗を折敷ごと脇へよけ、お花がものついでのように尋ねてくる。

いったい、どこまで知っているのだろう。気になったが、熊吉は崩れた豆腐のようにふにゃりと笑った。

「ああ、振られちまった」

同じ空のもとに、たしかに生きているはずなのに。お万とはもう、相まみえることはないのだろう。安っぽい白粉のにおいが、袖に移ることもない。

「よしよし」

お花が膝立ちになり、熊吉の頭を撫《な》でてくる。こちらは白粉などつけていないのに、やけに甘い香りがする。

ああこれは、女のにおいだ。

そう気づいたとたん、お花の体を引き寄せて、抱きすくめたくなった。

危ういところで夜具を握り、ぐっと堪《こら》える。

おいおい、待てよ。

お花のことは、可愛《かわい》い妹のようなものだと思ってきたのに。ほんのりと色づく頬が、やけに艶《なま》めかしく見える。

そうかこいつも、十六か。

まさにこれから、娘盛り。花の蕾《つぼみ》が開くように、どんどん美しくなってゆくのだろう。

やべぇ。兄ちゃんに、殺される。

高鳴る胸を鎮めようと、熊吉は只次郎の顔を虚空《こくう》に思い描いた。

「おしろい」「白酒」「やまもも」「つゆ草」は、ランティエ二〇二四年一月～四月号に掲載された作品に、修正を加えたものです。

「豆腐飯」は書き下ろしです。

時代小説文庫
さ 19-18

月《つき》草《くさ》糖《とう》 花暦《はなごよみ》 居酒屋《いざかや》ぜんや

著者 坂《さか》井《い》希《き》久《く》子《こ》

2024年 5月18日第一刷発行
2024年 6月 8 日第二刷発行

発行者 角川春樹

発行所 株式会社 角川春樹事務所
〒102-0074 東京都千代田区九段南2-1-30 イタリア文化会館

電話 03(3263)5247[編集] 03(3263)5881[営業]

印刷・製本 中央精版印刷株式会社

フォーマット・デザイン＆シンボルマーク 芦澤泰偉

ISBN978-4-7584-4637-2 C0193

http://www.kadokawaharuki.co.jp/[営業]
fanmail@kadokawaharuki.co.jp[編集] ご意見・ご感想をお寄せください。

坂井希久子の本

すみれ飴
花暦　居酒屋ぜんや

引き取ってくれた只次郎とお妙の役に立ちたい養い子のお花。かつてお妙と只次郎の世話になった薬問屋「俵屋」の小僧・熊吉。それぞれの悩みと成長を彩り豊かな料理と共に、瑞々しく描く傑作人情時代小説、新装開店です！

萩の餅
花暦　居酒屋ぜんや

早い出世を同僚に妬まれている熊吉。養い子故に色々なことを我慢してしまうお花。二人を襲う、様々な試練。それでも、若い二人は温かい料理と人情に励まされ、必死に前を向いて歩きます！　健気な二人の奮闘が眩しい、人情時代小説、第二弾！

坂井希久子の本

ねじり梅

花暦　居酒屋ぜんや

ようやく道が開けてきたかに見えた二人に、新たな災難が降りかかる——。押し込み未遂騒動に、会いたくない人との再会まで。それでも二人は美味しい料理と周囲の温かい目に守られながら、前を向いて頑張ります！　お腹と心を満たす人情時代小説、第三弾。

蓮の露

花暦　居酒屋ぜんや

「ぜんや」の常連の旦那衆を狙った毒酒騒動。犯行にかつての同僚・長吉が関わっていると確信した熊吉は捜索に走る！　忍び寄る悪意に、負けるな若人！　茗荷と青紫蘇を盛り、土用卵に只次郎特製卵粥と、心と体を温める、優しい人情と料理が響く、第四弾！

坂井希久子の本

つばき餡
花暦　居酒屋ぜんや

ぜんやの周りは少しずつ元の時間が戻りつつあったが、時は刻々と進みゆく。お梅と俵屋の若旦那の縁談、熊吉の出世話、そしてぜんやに転がりこんできたお転婆姫。前を向き、進め若人！様々な場面で、料理が人を勇気づける、傑作時代小説第五弾！

ほかほか蕗《ふき》ご飯
居酒屋ぜんや

美声を放つ鶯を育てて生計を立てている、貧乏旗本の次男坊・林只次郎。ある日暖簾をくぐった居酒屋で、女将・お妙の笑顔と素朴な絶品料理に一目惚れ。美味しい料理と癒しに満ちた連作時代小説第一巻。（解説・上田秀人）

坂井希久子の本

ふんわり穴子天
居酒屋ぜんや

只次郎は大店の主人たちとお妙が作った花見弁当を囲み、至福のときを堪能する。しかし、あちこちからお妙に忍びよる男の影が心配で……。彩り豊かな料理が数々登場する傑作人情小説第二巻。（解説・新井見枝香）

ころころ手鞠《てまり》ずし
居酒屋ぜんや

「ぜんや」の馴染み客・升川屋喜兵衛の嫁・お志乃が子を宿して、もう七月。お妙は、喜兵衛から近ごろ嫁姑の関係がぎくしゃくしていると聞き、お志乃を励ましにいくことになった。人の心の機微を濃やかに描く第三巻。

時代小説文庫
ハルキ文庫

坂井希久子の本

さくさくかるめいら
居酒屋ぜんや

林家で只次郎の姪・お栄の桃の節句を祝うこととなり、その祖父・柳井も声をかけられた。土産に張り切る柳井はお妙に相談を持ちかける。一方、お妙の笑顔と料理にぞっこんの只次郎に恋敵が現れる。ゆったり嗜む第四巻。

つるつる鮎《あゆ》そうめん
居酒屋ぜんや

山王祭に賑わう江戸。出門を禁じられている武家人の只次郎は、甥・乙松が高熱を出し、町人に扮して急ぎ医者を呼びに走ることに。帰り道「ぜんや」に寄ると、お妙に〝食欲がないときにいいもの〟を手渡される。体に良い食の知恵が詰まった第五巻。

時代小説文庫
ハルキ文庫